पचपन खम्भे लाल दीवारें

पचपन खम्भे लाल दीवारें

उषा प्रियम्वदा

राजकमल प्रकाशन

ISBN : 978-81-267-1662-3

मूल्य : ₹595

पहला संस्करण : 1962
चौदहवाँ संस्करण : 2025

प्रकाशक : राजकमल प्रकाशन प्रा.लि.
1-बी, नेताजी सुभाष मार्ग, दरियागंज
नई दिल्ली-110 002
शाखाएँ : अशोक राजपथ, साइंस कॉलेज के सामने, पटना-800 006
पहली मंज़िल, दरबारी बिल्डिंग, महात्मा गांधी मार्ग, प्रयागराज-211 001
1, अनमोल सोराबजी संतुक लेन, धोबी तलाव, मरीन लाइंस, मुम्बई-400 002
वेबसाइट : www.rajkamalprakashan.com1
ई-मेल : info@rajkamalprakashan.com

मुद्रक : बी.के. ऑफसेट
नवीन शाहदरा, दिल्ली-110 032

PACHAPAN KHAMBHE LAL DEEWAREN
Novel by Usha Priyamvada

पचपन खम्भे लाल दीवारें

एक

सुषमा को लगा कि नील आकर सिरहाने खड़ा हो गया है, फिर उसने झुककर, धीरे-से उसके बाल छुए हैं। सुषमा चौंककर उठ बैठी, चारों ओर घुप अँधेरा था। उसने काँपते हुए कंठ से पुकारा—
"नील!"

बरामदे में सोई हुई भौंरी खाँसी—सुषमा ने पाया कि वह अपनी चारपाई पर उठकर बैठी हुई है और नील कहीं नहीं है। सब ओर सन्नाटा है, भयावह, अकेला सन्नाटा। वह अकुलाकर खड़ी हुई और उसने खिड़की पूरी खोल दी। बाहर से प्रकाश की एक फाँक आकर उसके पैरों पर लोटने लगी और सुषमा छड़ों का ठंडा स्पर्श अनुभव

करती हुई, अनझिप आँखों से बाहर ताकने लगी। रात्रि के वह मौन स्वर उसके चारों ओर मँडरा रहे थे। टहनियों और पत्तों का मन्द स्वर में वार्तालाप, दूर बजते रात के घंटे, चौंककर जागे किसी पक्षी का आर्त्त चीत्कार! सुषमा को लगा कि उसके प्राणों और रात्रि की आत्मा में घना साम्य है। वैसे ही कुछ मद्धिम स्वरों की प्रतिध्वनियाँ गूँजती हैं, मन में कुछ करवट लेता है और चुप हो जाता है, ऐसा ही अभेद्य, सर्वग्रासी अन्धकार जीवन में सिमटता आता है।

कुछ स्मृतियाँ, कुछ स्वप्न, कुछ अस्फुट शब्द, श्रमरत छात्र की तरह सुषमा बार-बार उन पृष्ठों को उलटकर दोहराती है। उन संवेगों की दहलीज पर खड़ी होकर अतीत में झाँकती है, मन की संकुल गलियों में भटका करती है—हर वाक्य, हर मुद्रा और प्रत्येक स्पर्श के अनेकों सन्देशों पर रुकती हुई, ठहरती हुई। और उस समय इस संसार की सीमाएँ दूर-दूर हटती जाती हैं और वह अकेली रह जाती है—अपने में सम्पृक्त।

दो

सुषमा ने मेज पर रखी पीतल की तख़्ती पर फिर एक बार उँगली फेरी। नई चमकती तख़्ती पर उसके नाम के अक्षर उभरे हुए थे। सुषमा को अपना नाम अनायास ही बहुत मीठा और संगीतमय लग आया। उसने नेम-प्लेट एक ओर सरका दी और ट्रे में रखे पत्रों के ढेर को देखने लगी। वह अचानक ही अपने पद की गरिमा से अभिभूत हो चिक के बाहर देख उठी। चिक की नई, पीली तीलियों के पार एक बहुत मोहक, आकर्षक संसार बिखरा हुआ था—रंगीन दुपट्टों की झलक, अचिन्तित युवा स्वरों का हास्य, और भोले, स्वप्निल चेहरे! बाहर चपरासी स्टूल पर बैठा था और उसकी खाकी वर्दी कभी-कभी झलक जाती थी।

सुषमा उस संसार की हँसी-खुशी में डूब गई। वह फिर उन्हीं अजान राहों में भटक गई, जहाँ का हर मोड़, एक नई आशा लिए होता है। वह भूल गई कि वह कितने मोड़ पार कर चुकी है। अब वह उस स्थान पर आ पहुँची है, जहाँ पीछे मुड़कर देखने से आशाएँ बड़ी खोखली नजर आती हैं और यथार्थ की प्रखरता में कोमल स्वप्न कुम्हला जाते हैं।

घंटा टन्न-से बजा और उसकी अनुगूँज कॉलेज के गलियारों और कमरों में काँपने लगी। रंगीन ओढ़नियाँ सिमट आईं और उमड़ता हास्य क्लासरूम की गम्भीरता में दब गया। सुषमा पत्र छाँटने लगी। अभी उसे ठीक से याद न हुआ था कि कौन छात्रा किस ब्लॉक की थी। उसने पत्रों की छह गड्डियाँ बनाईं और चपरासी को बुलाने के लिए घंटी दबा दी। छात्रावास का पुराना चपरासी हरीसिंह आकर चिट्ठियाँ ले गया। सुषमा ने क्लास में जाने को रजिस्टर उठाया और बाहर आई ही थी कि दो चपरासियों ने एकसाथ उसे सलाम किया। पिछले साल तक ये दोनों काम के नाम से दूर भागते थे और सलाम करना तो दूर, सुषमा के टिप देने पर भी काम ठीक नहीं करते थे। सुषमा को लगा कि वह सचमुच अब 'कुछ' हो गई है। उसका आदर और सम्मान बढ़ गया है। वह मुस्कराई और क्लास में चली गई।

घंटा समाप्त होने पर वह लौटी तो देखा कि इस बीच उसके कमरे के आगे नेम-प्लेट जड़ दी गई थी–मिस एस. शर्मा, एम.ए., वार्डन गर्ल्स होस्टल। अपने नाम के आगे इतनी बड़ी पूँछ देख उसे बड़ा विचित्र-सा लगा। उसने अन्दर आकर पाया कि उसके ऑफिस में उसकी दो सह-अध्यापिकाएँ बैठी हुई हैं।

"आइए वार्डन साहिबा," मिस शास्त्री ने कुछ व्यंग्य से कहा। मिस शास्त्री संस्कृत पढ़ाती थीं। संस्कृत-साहित्य के सम्पर्क से उनमें रस के प्रति रुचि तो थी, पर उस रसोपलब्धि का साधन न था, वह जीवन और संसार के प्रति कटु होती जा रही थीं।

सुषमा ने रजिस्टर रख दिया और अपनी घूमनेवाली कुर्सी पर

बैठकर पूछा, "इस समय आप फ्री हैं?"

"फ्री कहाँ हैं? ज़रा फोन करना था। ऑफिस में तो ज़रा भी प्राइवेसी नहीं है।"

सुषमा ने फोन उनकी ओर खिसका दिया और स्वयं कुछ कागज देखने लगी।

नम्बर मिलाकर मिस शास्त्री ने सुषमा की ओर देखकर कहा, "कल रोमाँ डेविड रात को एक बजे लौटकर आई थी। सच, हद कर रखी है अनाचार की—कुछ तो सोचे-समझे, हलो, मैं दुर्गा बोल रही हूँ, ज़रा जोशीजी को फोन दे दें।"

टेलीफोन पर बात समाप्त कर मिस शास्त्री खड़ी हुईं।

"सुषमा, तुम ज़रा होस्टल को टोन-अप करो। नई हो, इसलिए उत्साह अधिक है। वैसे क्या नहीं होता है यहाँ..."

उनकी बात काट सुषमा ने कहा, "आपका तो क्लास था न! लड़कियाँ बड़ा शोर मचा रही होंगी।"

"तुमसे फिर विस्तार में बात करूँगी।" मिस शास्त्री अनिच्छापूर्वक चली गईं।

अब तक चुप बैठी, मिस शास्त्री की बातें सुनती मीनाक्षी मुस्कराई, और बोली, "मिस शास्त्री का समय इसी में बीतता है। जाने रात में सोती भी हैं या पहरेदारी ही करती रहती हैं कि कौन कितने बजे आया। इनसे सब पूछ लो, किस लड़की की मैत्री किस छात्र से है, कौन अध्यापिका घर कितने रुपए भेजती है, कौन सैक्स-स्टार्व्ड है..."

आगे वह क्या कहेगी, इसका अनुमान कर सुषमा ने कहा, "बस, बस, मुझे सब पता है। तुम्हारे कहने की कोई आवश्यकता नहीं।"

"तुम झेंप गईं?" मीनाक्षी ने कुछ आश्चर्य से कहा, "ऐसे तो तुम काम कर चुकीं। लड़कियों के साथ डील करने में इतनी समस्याएँ आएँगी कि..."

"रहने भी दो मीनाक्षी! जब से आई हूँ, हरेक शुभेच्छु ने मुझे एक लम्बी लिस्ट दी है कि मैं किन बातों पर विशेष ध्यान दूँ।" सुषमा

ऊबने-सी लगी। वह उठकर खड़ी हो गई और बोली, "चलो, एक प्याला कॉफी पी लें। अभी घंटा बजने में काफी देर है।"

कैफे की लम्बी खिड़की से होस्टल की नई इमारत दिखाई दे रही थी। कमरों की खिड़कियों में रंगीन परदे उड़ रहे थे। चहारदीवारी पर चढ़ी हुई मधुमाधवी की सुगन्ध कैफे तक जा रही थी। सुषमा को याद आया कि उसने माली से बँगले में गुलाब लगाने को अभी तक नहीं कहा। बरसात बीत जाएगी तो मुश्किल होगी।

"बड़ा काम बढ़ गया है," उसने चम्मच से खेलते हुए कहा, "सारा वक्त होस्टल के पचड़े में निकल जाता है। अपने लिए कुछ समय नहीं मिलता।"

"तुम कौन ऐसा काम करती थीं कि अब नहीं कर सकतीं? क्या वह सस्ते उपन्यास पढ़ने को समय नहीं मिलता?" मीनाक्षी सदा ही सुषमा की पठनीय सामग्री के निम्न स्तर का मजाक उड़ाया करती थी। सुषमा ने इसका कभी बुरा नहीं माना, सारे दिन की माथापच्ची के बाद उसे ऐसे ही उपन्यास अच्छे लगते थे, हल्के-फुल्के, रोमैंटिक। वे मीनाक्षी के उच्च स्तर की बराबरी भले ही न कर सकें, पर उसका मनोरंजन पूरी तरह कर पाते थे। मीनाक्षी की बात पर सुषमा मुस्कराई, फिर नीची पलकें कर कॉफी के प्याले की डिजाइन देखने लगी। सुबह के ग्यारह बजे थे। इसलिए कैफे में अधिक छात्राएँ न थीं। एक-दो मेजों पर जो थीं भी, मन्द स्वर में बातें कर रही थीं। काउंटर के पास दो बैरे चुप खड़े थे।

जाली का दरवाजा खुला और एक लड़की ने अन्दर झाँका। सुषमा और मीनाक्षी की दृष्टि एकसाथ अपने पर पाकर उसने हड़बड़ाकर दोनों को नमस्कार किया और शायद कैफे में अपनी सखी को न पाकर वह चली गई। उसकी साड़ी को देख सुषमा को कृष्णा मौसी की याद आ गई और उसने मन में सोचा कि मौसी भी बस ऐसी ही हैं, सामने पड़ेंगी तो बड़ा दुलार बरसाएँगी। कितना कहा था कि साड़ियाँ कढ़वाकर जल्दी भेज दें। अब सौंठ होकर बैठ गई हैं। उनसे पाँच पैसे

का पोस्टकार्ड भी न डाला गया। साड़ियाँ आ जातीं तो पहनी जातीं।

उसी शाम उसने मौसी को एक पत्र और डाल दिया। उसका उत्तर आया तो सुषमा को और क्रोध आया। मौसी ने लिखा था, तुम्हारी साड़ियाँ कढ़कर आ गई थीं, भेज न सकी। मेरी सहेली कौशल्याजी का एक रिश्तेदार दिल्ली जा रहा था, उसी के हाथ भेज दी हैं कि तुम्हें आसानी से मिल जाएँगी। अव्वल तो वही दे जाएगा, नहीं तो तुम मँगा लेना। उस पत्र में उस रिश्तेदार का नाम-पता कुछ न था। बाद में सुषमा को मौसी के भोलेपन पर हँसी आई। उन्होंने यह भी न सोचा कि आखिर दिल्ली जैसी विशाल नगरी में वह उस सम्बन्धी को कहाँ ढूँढ़ती फिरेगी! फिर झुँझलाहट कि पैसे बचाने के लोभ में साड़ियाँ भी गईं।

कृष्णा मौसी को सुषमा से बड़ा प्यार था। वह कानपुर आई तो सुषमा की गरमी की छुट्टियाँ थीं। मौसी हर रोज एक नई सुन्दर साड़ी निकालकर पहनतीं। सुषमा आई तो वह झट बोलीं, "वायल दे दो तो कढ़वा दूँगी। ऐसी बढ़िया कढ़ेगी कि तुम्हारी सहेलियाँ भी देखती रह जाएँगी।"

अम्माँ ने अपनी राय दी–"एक नीरू के लिए भी कढ़वा देना। साल-छह महीने में उसकी शादी होगी तो काम आएगी।"

कृष्णा मौसी ने आश्चर्य से कहा, "तो क्या दीदी, सुषमा को कुँआरी रखोगी? इसका ब्याह नहीं करोगी जो अभी से नीरू के लिए दहेज जोड़ने लगीं।"

अम्माँ ने बड़े मजे से उत्तर दिया, "तुम जानो कृष्णा, सुषमा की शादी तो अब हमारे बस की बात रही नहीं। इतना पढ़-लिख गई, अच्छी नौकरी है और अब तो, क्या कहने हैं, होस्टल में वार्डन भी बननेवाली हैं। बँगला और चपरासी अलग से मिलेगा, बताओ, इसके जोड़ का लड़का मिलना तो मुश्किल ही है। तुम्हारे जीजा तो कहते हैं कि लड़की स्यानी है, जिससे मन मिले, उसी से कर ले। हम खुशी-खुशी शादी में शामिल हो जाएँगे।"

"अरे जाओ दीदी, जब लड़की की उम्र थी तब तो आजादी दी नहीं। अब वह कहाँ ढूँढ़ने जाएगी। लड़कियाँ सभी की होती हैं, शादियाँ भी सभी करते हैं। तुम्हारी तरह हाथ-पर-हाथ रखकर बैठनेवाला कोई नहीं देखा।"

छोटी बहन से फटकार सुन अम्माँ अप्रतिभ हो आईं। उनसे कोई उत्तर न बन पड़ा। सुषमा को उनका सूखा-सा चेहरा देख बड़ी दया लगी, वह बात बदलती हुई बोली, "मौसी, शाम को चलकर वायल ले आएँगे, दो मैं ले लूँगी, एक साड़ी नीरू के लिए बनवा देंगे।"

"यह भी कोई बात हुई।" कृष्णा मौसी के मन में, दो पल पहले की ही बात घूम रही थी। 'जीजा की गैर-जिम्मेदारी है। जब पढ़ रही थी, तभी कर देते। लड़की तो अपने-आप मुँह खोलकर कहती नहीं। और लोगों की कानी-खुतरी ब्याह जाती हैं, तुम्हारी ऐसी अच्छी लड़की बिन-ब्याही रहेगी।' फिर अचानक याद आ जाने पर पूछा, "और वकील साहब का लड़का था, उसका क्या हुआ?"

"होता क्या, मजे से है। खूब वकालत चल रही है, बँगला है।" अम्माँ ने सुस्त स्वर में कहा।

छोटे भाई-बहनों के सामने ऐसी बातों से सुषमा को झेंप-सी लगने लगी। "आप भी, मौसी, किस पचड़े को ले बैठीं। जीवन में बहुत महत्त्वपूर्ण काम हैं, सिर्फ विवाह ही तो नहीं। और देशों में देखिए, बिना शादी किए ही औरतें कैसे मजे से रहती हैं।"

"जैसे रहती हैं, वह मुझे पता है। तुम एक पुरुष मित्र बनाकर तो देखो, तुम्हारी अम्माँ सबसे पहले तुम्हारी खबर लेगी। हमारा समाज किसी को जीने नहीं देता।"

अम्माँ किसी काम के बहाने जान छुड़ाकर चली गईं। कृष्णा मौसी के मन में गुबार भरा ही रहा। शाम को बाजार से लौटते समय उन्होंने बड़ी आत्मीयता से पूछा, "क्यों सुषमा, दिल्ली में कहीं आती-जाती है या नहीं?"

उनका तात्पर्य समझ सुषमा मुस्कराई, "हाँ, क्यों नहीं मौसी।

संगी-साथी हैं, खूब मन लग जाता है।"

मौसी सुषमा की ओर झुककर, बहुत गोपनीय बात कहने के-से स्वर में बोलीं, "कुछ अपने बारे में भी सोचा सुषमा! यह भाई-बहन किसी के नहीं होते। सब अपने-अपने घर के होंगे। आज की दुनिया में कौन किसका होता है।"

"पर इन सबको भी तो मदद की जरूरत है मौसी! पिताजी को पेंशन मिलती ही कितनी है? उसमें तो दो वक्त दाल-रोटी भी न चले। मैं भी अगर न करूँ तो किसके आगे हाथ फैलाएँगे? लड़कों को पढ़ाना है ही, सड़क पर तो आवारा घूमने नहीं दिया जाएगा," और फिर सुषमा के होंठों पर मासूम मुस्कराहट आ गई।

"मैं जो करती हूँ, कर्तव्य समझकर नहीं मौसी, उनके प्यार में करती हूँ। मेरा तो मन होता है कि मेरे पास अगर और कुछ होता तो और भी करती।" मौसी कुछ देर उसके मुँह की ओर देखती रहीं– "अगर मैं सबसे बड़ा लड़का होती, तो क्या न करती? उसी तरह मैं अब भी करती हूँ। इन लोगों के लिए कुछ करके मन में बड़ा सन्तोष-सा होता है। अपने लिए तो सभी करते हैं, छोटे भाई-बहनों को कुछ कर सकूँ, उस योग्य भी तो पिताजी ने ही बनाया है।"

"सो तो ठीक है, पर मेरा कहना है कि अपनी भी कुछ फिक्र करनी चाहिए।"

सुषमा चुप रही। अपने मन को समझाकर, दुनिया की आँखों से छिपाकर जिस सत्य को बहुत दबा-ढककर रखा था, मौसी उसे अप्रयोजन ही उभार रही थीं, और उस बात की अधिक चर्चा करने से अम्माँ नाराज हो जाएँगी, ऐसे अवसरों पर अम्माँ प्रायः दोष सुषमा के ही सिर डालकर बरी हो जाती थीं–'अब मैं क्या करूँ? सयानी लड़की है, कोई बच्चा तो है नहीं जो समझाने-बुझाने से मान जाएगी। वह शादी करने को राजी ही नहीं होती तो मैं क्या करूँ?' और मुहल्ले-पड़ोसवाले उनकी बात मान जाते। पर अम्माँ भी जानती थीं और सुषमा भी– इसीलिए ऐसे मौकों पर एक-दूसरे से आँखें चुरा जाती थीं। इस घर की

मुख्य आय सुषमा का वेतन थी। अम्माँ ने पहले तो न चाहा था कि लड़की घर के बाहर जाकर नौकरी करे, पर अब वह प्रसन्न थीं। सुषमा हमेशा ही छोटे भाई-बहनों के लिए बहुत करती थी और यह सोचकर अम्माँ मन को समझा लेती थीं कि उनकी लड़की नौकरी भले ही करे, वैसे सुखी है। सुषमा को अपनी माँ की यह दोहरी फिलासफी अब भी कभी-कभी खटकने लगती थी, घर में माँ का शासन ही चलता था, पिता अस्वस्थ रहते थे, पक्षाघात से पीड़ित। सुषमा माँ से अधिक पिता के निकट थी, माँ अब सुषमा की ओर से निश्चिन्त थीं, उनका सारा ध्यान अब छोटे बच्चों पर केन्द्रित था, सुषमा प्रायः उपेक्षित-सा अनुभव करने लगती थी। वह चाहती थी कि माँ उसके जीवन में आ गए बिखराव को कुछ तो समझने का प्रयत्न करे।

कई सप्ताह बीत गए। कृष्णा मौसी का न और कोई पत्र आया, न उसकी साड़ियाँ। सुषमा इतनी व्यस्त रही कि उसे मौसी को पत्र डालने का अवकाश भी न मिला। होस्टल की सारी बेतरतीबी में व्यवस्था लाने में ही उसका सारा समय निकल जाता। नौकरों के आपसी झगड़े, लड़कियों की विविध समस्याएँ, मेट्रन की परेशानियाँ, यह सब उसका अधिकांश समय ले लेतीं। उधर कॉलेज में नए एडमिशन, लड़कियों के लिए ट्यूटोरियल तय करना भी कुछ कम झंझट न था। अध्यापिकाएँ जिन घंटों में ट्यूटोरियल लेना चाहतीं, उनमें लड़कियाँ खाली न होतीं। सभी को घर भागने की जल्दी पड़ी रहती, जो देर में घंटे निश्चित हुए, उन्हें लेने में सभी हीलहवाला करने लगीं। मिस कृपलानी अपने डैडी के साथ लंच लेना पसन्द करती थीं। मिसेज अग्रवाल की आया डेढ़ बजे छुट्टी पर चली जाती थी, उन्होंने पहले कह दिया—"मैं तो भई थर्ड पीरियड के बाद रुकूँगी नहीं। बेबी बहुत रोती है।"

बाद में मीनाक्षी ने झुँझलाकर कहा, "नौकरी है कि घर की खेती? बेबी का खयाल है तो घर बैठें।"

सुषमा ने उसे शान्त किया। किसी तरह क्लासों का बँटवारा हुआ।

एक बजे के बाद के क्लास सुषमा के पल्ले पड़े। बाद में मीनाक्षी ने कहा, "सब तुम्हारी भलमनसाहत का फायदा उठाते हैं। तुम बहुत उदार हो सुषमा! अरे, बेबी है तो रोए—हमारे बेबी नहीं है तो वक्त-बेवक्त हम ही काम में लगे रहें।"

सुषमा ने अपनी नौकरानी को आवाज दी और एकदम थककर बोली, "बात तो ठीक है मीन, पर मुँह खोलकर कहा भी तो नहीं जाता। मैं तो कभी-कभी जिन्दगी से आजिज आ जाती हूँ।" उसकी पलकें थककर कुछ ऐसे आँखों पर ढलीं कि मीनाक्षी चुप हो आई। फिर आहिस्ता-से बोली, "सुषमा, तुम्हें तो शादी कर लेनी चाहिए। तुम ऐसी जिन्दगी के लिए नहीं बनी हो।" सुषमा के होंठ हिलकर रह गए। उसने माथे पर हाथ फेरा और उठकर बैठ गई—"चलो चाय पिएँ। किसे क्या करना चाहिए, यह तो बड़ा विवादास्पद विषय है। बोलो चाय के साथ क्या खाओगी? कैंटीन से कुछ मँगा लूँ!"

खाने के कमरे में चाय के बर्तन रखकर सुषमा ने नौकरानी को पुकारकर कहा, "भौंरी, आज चाय इसी कमरे में पिएँगे।"

मीनाक्षी ने पास पड़ी एक अंग्रेजी की पत्रिका उठा ली और उसके पन्ने उलटने लगी। सुषमा ने अपना कमरा बहुत सुरुचि से सजाया था। सफाई से सिले हुए खिड़की के फूलदार परदे रह-रहकर हिल उठते थे। उसके पलँग पर झालरदार पलँगपोश बिछा था, मीनाक्षी को लगा कि सुषमा का यह कला-कौशल सब व्यर्थ जा रहा है। सुषमा के गोल-मटोल बच्चे हों, जिन्हें वह कढ़ी हुई फ्राकें पहनाए; अवसर आने पर वह बहुत स्नेहपूर्ण और कुशल माँ बनेगी, इसमें मीनाक्षी को सन्देह न था।

भौंरी ने चाय की ट्रे लाकर रख दी।

मीनाक्षी के जाने के बाद सुषमा ने मुँह-हाथ धोकर कपड़े बदले। सुबह से जूड़ा बनाए थी, बाल सँवारकर उन्हें बिना गूँथे ही वह लेट गई। उसकी दृष्टि अपनी खिड़की के परदों पर गई। पारदर्शी नायलोन के इन छपे हुए परदों की सभी ने बहुत सराहना की थी। बाहर से आती, बरसाती हवा उनके कोनों से खेल रही थी और वे कुछ इस तरह

हिल रहे थे जैसे कि किसी के अभिलषित स्पर्श से मन में हिलोरें उठने लगें। सुषमा ने अनजाने में एक आह भरी। उसे निरुपमा का खयाल आ गया। वह देखने में तीनों बहनों से सुन्दर थी, परन्तु मन्दबुद्धि थी, एक साल इंटर में फेल भी हो चुकी थी। उसे घर के काम-धन्धे बहुत अच्छे लगते थे। माँ की इच्छा थी कि उसका विवाह जल्दी ही हो जाए, मौका निकालकर वह सुषमा से कह भी चुकी थीं, ‘‘तुम बहुत फिजूलखर्च होती जा रही हो। ज़रा हाथ दबाकर खर्च किया करो। नीरू की शादी भी तो करनी है।''

सुषमा ने कुछ तिक्त स्वर में कहा, ‘‘पहले शादी तो तय करो। वक्त आने पर रुपया हो ही जाएगा।''

‘‘एकदम से कहाँ से आ जाएगा। बूँद-बूँद से ही घट भरता है।''

‘‘कर्ज ले लूँगी,'' सुषमा बेबात चिड़चिड़ा उठी, ‘‘और बाद में चुकाती रहूँगी।''

‘‘तुम क्यों लोगी, नीरू तुम्हारी जिम्मेदारी थोड़े ही है। बाप हैं, सो करेंगे,'' माँ ने हल्के-से कहा।

‘कुछ मेरी कर दी, कुछ नीरू की कर देंगे।' सुषमा मुँह खोलकर कह न सकी। माँ का क्या दोष! उनकी बात पर झुँझलाना अपने मन की गाँठ को स्वीकार करना है—वह गाँठ जो सबसे छिपाकर सुषमा पालती आई है। वह एक तरुण किशोरी का स्वप्न था, जोकि अनुकूल जलवायु न पा कुम्हला गया।

सुषमा ने अपने विचारों से बचने के लिए पत्रिका उठा ली और एक धारावाहिक उपन्यास पढ़ने लगी।

तीन

एक ऐसी सुबह, जबकि पानी बरसकर रुक गया था, रीते मेघ हवा के साथ उड़ने लगे थे और नन्हें पौधों की पत्तियों पर से पानी की बूँदें नीचे फिसल रही थीं, सुषमा अपने ऑफिस में आई। अभी घंटा बजने में काफी देर थी। खाली पड़े हुए बरामदों में कभी-कभी, जल्दी आ गई लड़कियों की हँसी गूँज उठती थी, और हँसी की वे हिलोरें सुषमा को छू-छूकर लौट जातीं। सुषमा का मन बड़ा शान्त था। पिछले सप्ताह उसने काफी काम किया था और अब मन में सहज सन्तोष था।

वह सुबह की डाक देख रही थी। अम्माँ का पत्र था, पर उसमें किसी भी प्रकार की शिकायत या कोई माँग न थी। अम्माँ उसके

कुशल-मंगल के समाचार की प्रतीक्षा में थीं। सुषमा पत्र दुबारा पढ़ रही थी कि उसके चपरासी ने कमरे के अन्दर आकर कहा, "मिस साहब, आपसे कोई मिलने आए हैं। उन्हें विजिटर्स रूम में बैठा दिया है।"

"क्या काम है, उनसे पूछा?"

प्रेमसिंह ने बाहर से लौटकर बादामी कागज में बँधा एक पैकेट उसे पकड़ा दिया। सुषमा ने कौतूहल से कागज खोला तो अपनी साड़ियों के रंग सहज पहचान में आ गए।

"ओऽऽऽ," उसके मुख से निकला और उसने झटपट कागज़ अलग हटाकर साड़ियाँ देख डालीं। कृष्णा मौसी ने सच, बहुत सुन्दर कढ़वाई थीं।

"देखो, उन साहब को अन्दर बुला लाओ," सुषमा ने बड़े कोमल स्वर में कहा, "और फिर कैंटीन में कह दो कि दो कोल्ड ड्रिंक्स भेज दें। कोकाकोला ठीक रहेगा।"

कौशल्याजी के इस अनजान सम्बन्धी के लिए एक कोकाकोला और मीठा-सा धन्यवाद बहुत काफी था। फिर वह साड़ियाँ उलट-पलटकर देखने लगी।

प्रेमसिंह ने चिक उठाकर बहुत आदर से अतिथि को अन्दर आने का संकेत किया। सुषमा के चेहरे पर ऐसे अवसरों के उपयुक्त, औपचारिक मुस्कान सिमट आई। उसने आगंतुक को पास की कुरसी पर बैठ जाने को, हाथ की कोमल भंगिमा से संकेत किया।

पर वह बैठा नहीं। "मुझे मिस शर्मा से मिलना है," उसने कहा।

"मैं ही सुषमा शर्मा हूँ। आप बैठिए," सुषमा ने कहा। कुछ देर अविश्वासपूर्ण दृष्टि से उसे देखते हुए कहा, "मैं लखनऊ से आ रहा था, तब आपकी आंटी ने मुझे ये साड़ियाँ दी थीं, पर मैं इधर आ ही न सका। आपका कॉलेज दूर भी काफी पड़ता है।"

सस्मित सुषमा ने पूछा, "अच्छा, आप यूनिवर्सिटी में पढ़ते हैं?"

सुषमा की बात पर वह मुस्कराया, "जी नहीं, मैं फिलिप्स में काम कर रहा हूँ," फिर कुछ याद आने पर उसने जोड़ा, "मेरा नाम नील है,

नील कश्यप।"

तभी चिक हिली और एक ट्रे में कोकाकोला की दो बोतलें लिए बैरा अन्दर आया।

"आपने यह तकल्लुफ क्यों किया?" नील ने पूछा।

सुषमा मुस्कराई, "मैंने सोचा था कि शायद आप बी.ए. प्रथम वर्ष के विद्यार्थी होंगे और कोकाकोला पीना पसन्द करेंगे।"

"यही गलती मैंने की थी। मैं सोच रहा था कि वार्डन साहिबा कम-से-कम पचपन-साठ की तो होंगी ही।"

"मेरी गलती में सुधार हो सकता है। क्या पिएँगे आप?"

"आप बेकार तकलीफ कर रही हैं।"

"तकलीफ क्या? अच्छा बैरा, तुम दो कोल्ड कॉफी ले आओ।"

बैरा से कहकर सुषमा ने जब नील की ओर दृष्टि फेरी तो उसे अपनी ओर देखते पाया। वह अनायास ही अपने को नील की दृष्टि से देख उठी। खुलता हुआ ऐसा रंग, जिस पर उसकी पतली, स्वाभाविक वक्र भौंहें और बड़ी-बड़ी दीप्त आँखें बहुत खिलती थीं। लम्बी नाक और सुघड़ पतले होंठ, आधे कान बालों से ढँके थे और उनकी लबों में मोतियों के कर्णफूल, बिना बाँहों का ब्लाउज और बिल्कुल उसी रंग की फीरोजी साड़ी। सुषमा ने नील की ओर से दृष्टि हटा ली और ब्लाटिंग पेपर पर अकारण ही पेंसिल से रेखाएँ खींचने लगी।

चपरासी उसका रजिस्टर मेज पर रख गया। एक छात्रा शाम को देर से आने की आज्ञा ले गई। मेज पर रखे फोन की घंटी बज उठी और सुषमा ने बात की। प्रतिदिन के ये साधारण कार्य करते हुए उसे आज दो धीर, प्रतीक्षित आँखों का बोध था।

कॉफी जब तक आई, पहला घंटा प्रारम्भ हो गया था।

"आपको तो क्लास लेना होगा?" नील ने पूछा।

"जी हाँ।"

"मेरे कारण आपको देर तो नहीं हो रही है?" वह कॉफी पिए बिना ही उठ खड़ा हुआ।

"इतनी जल्दी नहीं है, आप कॉफी पीजिए।" सुषमा ने आग्रह किया। उसके कहने के साथ ही एक लड़की ने चिक उठाकर झाँका– "गुड मार्निंग मिस शर्मा। आप हमारा क्लास लेंगी?" उसने अंग्रेजी में पूछा।

"हाँ शालिनी, मैं अभी आ रही हूँ," सुषमा ने उत्तर दिया।

नील की ओर देखकर मुस्कराती हुई शालिनी भाग गई।

नील उठा–"अब मुझे चलना चाहिए।"

सुषमा ने भी अपना रजिस्टर उठा लिया और उसके साथ बाहर तक आई।

"साड़ियाँ लाने के लिए आपका बहुत-बहुत शुक्रिया!" उसने कहा।

"इट वाज़ ए प्लेज़र!" नील के स्वर में केवल औपचारिकता ही थी।

कौशल्याजी का फोन पाकर सुषमा आश्चर्य में पड़ गई। फिर भी उसने उन्हें आने को आमन्त्रित कर दिया। कॉलेज से लौटकर घर आई और भौंरी को शाम की चाय के लिए कुछ सामान लाने का आदेश देकर वह अपना कमरा ठीक करने लगी। उसकी इच्छा थी कि कौशल्याजी आकर देखें कि वह कितनी अच्छी तरह रहती है, उसे किसी चीज की कमी नहीं है, उसकी भी ऊँची पोजीशन है, इज्जत है। उसने कार्पेट झड़वाया, फर्नीचर खिसकाकर नए क्रम से रखा, कभी ही क़भी इस्तेमाल किए जानेवाले मेजपोश और कुशन-कवर निकालकर सजाए।

अपने शयनकक्ष में भी उसने स्वयं सफाई की और उनके आने से पहले तैयार हो गई। उसने मूँगिया रंग की चंदेरी की साड़ी और वैसे ही रंग का, बिना बाँहों का ब्लाउज पहना, गले में नीली डोरी में पिरोए मोती की एक लड़ डाल ली, जिसका छोटा-सा नीला फुँदना पीठ पर लटक रहा था।

कौशल्याजी के साथ नील को भी देख उसे मन में हल्का विस्मय-सा

हुआ। फिर उसने जाना कि वह अपने को झुठला रही थी। उन्हें नील के साथ तो आना ही था।

"इसे तो जानती ही होगी सुषमा?" कौशल्याजी ने बैठते हुए पूछा। सुषमा उनके पास, सोफे की पीठ पर हाथ टिकाकर खड़ी हो गई। हल्की-सी मुस्कराहट में नील को भी सम्मिलित कर उसने कहा, "जी, कल आप ही साड़ियाँ दे गए थे।"

कौशल्याजी को सन्तोष नहीं हुआ, "बड़े दादा का लड़का है, यहाँ फिलिप्स की फर्म में नौकर है। बड़ी अच्छी नौकरी है। यहीं हेली रोड पर छोटे दादा के साथ रहता है।"

सुषमा ने परिचय चुपचाप सुन लिया।

"तुम्हें साड़ियाँ पसन्द आ गईं?"

"जी हाँ, बहुत सुन्दर हैं।"

"मैंने कल आकर पहला काम यह किया कि इसे भेजा। आता ही न था। कहता था कि मैं वहाँ गर्ल्स कॉलेज में जाकर क्या करूँगा। बड़ी मुश्किल से आया। और सुबह बोला, 'बुआ, उनसे मिलने नहीं चलोगी?' " कहकर वह स्वयं हँस पड़ीं।

सुषमा ने बात सँभालते हुए कहा, "अच्छा ही किया कि आप आ गईं। इस परदेश में कोई अपना मिल जाता है तो बड़ी खुशी होती है।"

"कमरा तो तुमने बहुत अच्छा सजाया है। यह मेजपोश तुमने ही काढ़े हैं?"

"नहीं आंटी, मुझे फुरसत कहाँ है! निरुपमा है, मेरी छोटी बहन, उसने काढ़े हैं।"

"कृष्णा कहती थीं कि वह सुन्दर भी है। अभी कहीं शादी तय नहीं हुई?"

"अभी तो कहीं नहीं हुई," सुषमा बोली।

नील चुप बैठा प्रशंसापूर्ण दृष्टि से सुषमा का कमरा देख रहा था–हल्की पीली दीवारों से साम्यवाले पीले परदे, नीची काँच की मेज पर गन्धराज के फूल, जिनकी सुगन्ध कमरे में प्रविष्ट होते ही उसकी साँसों

में भर उठी थी। रह-रहकर नील की दृष्टि सुषमा की ओर उठ जाती। सुषमा की लम्बी पलकों के नीचे नेत्रों की मोतिया आभा और उसके होंठों की गढ़न में सहज कोमलता थी—उसका स्वर बहुत सधा और मृदु था, साधारण औपचारिक बातें करते हुए भी उसकी मिठास कम न हुई थी। कौशल्याजी से बातें करते हुए, सुषमा की दृष्टि कभी-कभी नील की ओर फिसल जाती। नील के आचरण का सहज खुलापन मन को कहीं छू गया था। वह जिस प्रकार मौन बैठा चंचल दृष्टि से दीवार पर लगे गुलमुहर के फूलों के चित्र को देख रहा था, उससे सुषमा के मन में यह जान पाने की तीव्र जिज्ञासा हुई कि वह क्या सोच रहा है। उसके मुख पर, अपने में डूबा-सा जो भाव था, उससे सुषमा को अकुलाहट हुई। कुछ क्षण पहले, नील की आँखों में उसने जो कुछ पढ़ा था, वह उसका बहुत जाना-पहचाना था। वह जानती थी कि वह आकर्षक है और अपने प्रति, पुरुष-दृष्टि में प्रशंसा देखना उसके लिए नया न था। पर नील की दृष्टि में मात्र प्रशंसा न थी। जो कुछ उसमें था, वह सुषमा झेल न सकी। उसने कौशल्याजी से कहा, "आपके लिए चाय मँगवाऊँ।"

वह उठकर अन्दर बरामदे के दरवाजे तक गई। उसने नील का स्वर सुना—"मेरे लिए कोकाकोला मँगवाइएगा..."

एक हाथ में परदा थामे, सुषमा ने मुड़कर देखा—नील की आँखों में कौतुक और हँसी का मिश्रण था और सुषमा की आँखों में बड़ी प्यारी झिड़की। उसने परदा छोड़ दिया और अन्दर चली गई।

भौंरी ट्रे में सामान सजाकर ले आई और मेज पर रखने लगी। उसके जाने के बाद कौशल्याजी ने पूछा, "यही तुम्हारी नौकरानी है? ठीक काम करती है?"

"बड़ी फूहड़ है आंटी, मगर सीधी और ईमानदार है, इसलिए रखे हैं।"

सुषमा ने प्यालों में चाय बनाई। नील को प्याला देती हुई बोली, "आज चाय ही पी लीजिए।"

हाथ में प्याला लेते हुए नील ने कौशल्याजी की ओर मुड़कर कहा, ''बुआ, इन्होंने मुझे छोटा-सा कोकाकोला पीनेवाला लड़का समझ रखा था। मुझे देखकर बहुत चकराईं।''

''और आपने नहीं,'' सुषमा ने कहा, ''मुझे बूढ़ी, सूखी, वार्डन समझ रखा था।''

''पता नहीं आप कैसे अनुशासन रख पाती होंगी। मैं तो आपसे बिल्कुल भी न डरूँ।'' नील की गम्भीर आँखें उस समय शरारत से चमक रही थीं।

''आपको मैं होस्टल में रखूँगी ही क्यों?'' सुषमा ने तुरन्त कहा।

कौशल्याजी ने मुस्कराकर कहा, ''आज नील को अपना जवाब मिला। घर में किसी की हिम्मत इससे उलझने की नहीं है। अकेला बेटा है तो लाड़-प्यार से सिर चढ़ गया है।''

''सभी कोई लाड़-प्यार करते हैं तो बताइए मैं क्या करूँ?'' नील ने सुषमा की ओर देखा।

''मैं क्या कहूँ, मैंने स्वयं अपने भाई को लाड़-प्यार से बिगाड़ दिया है।'' संजय के खयाल से सुषमा का मुख खिल उठा। उसने कौशल्याजी की ओर देखकर कहा, ''बहुत दुष्ट है वह। उसे विश्वास है न, कि कुछ भी करे, जीजी उसकी बात सँभाल लेंगी। माँ से बिल्कुल नहीं डरता, हर बात में जीजी की धमकी देता है।''

''कृष्णा कहती रहती है कि सुषमा ने तो भाई-बहनों के कारण अपने को मिटा दिया।''

नील ने देखा कि सुषमा, एकाएक, झटका-सा खाकर चुप हो आई। नील को भी बुआ की यह बात अच्छी नहीं लगी। उसने, जैसे हाथ बढ़ाकर, सुषमा को सहारा देते हुए कहा, ''यह चित्र आपने बनाया है?''

''जी नहीं—मेरी एक मित्र है मीनाक्षी, उसने खरीदकर मुझे दिया है। आप चाय और लीजिए।'' उसने कौशल्याजी से पूछा।

''नहीं सुषमा, घर से ही चाय पीकर चली थी।''

''आप?''

"जी नहीं, धन्यवाद!" नील ने उत्तर दिया। उसे रह-रहकर लग रहा था जैसे सुषमा में कुछ देर पहले की सहजता नहीं रही है, उसे हर चेष्टा में प्रयत्न-सा करना पड़ रहा है। अनजाने में सुषमा के व्यक्तित्व की किस चोट को छू दिया गया है। उसने सुषमा से वार्तालाप करने के कई विषय सोचे, पर उसके मौन में व्याघात न दे सका।

कौशल्याजी उठ खड़ी हुईं। सुषमा की पीठ पर प्यार से हाथ फेरती हुई बोलीं, "तुम्हें देखकर बड़ी खुशी हुई। नील को भेजूँगी, तुम्हें एक बार घर ले आएगा। और क्या, अपना ही घर समझो। कोई जरूरत पड़े तो संकोच न किया करो, नील को बुला लिया करो।"

नील बुआ की बातें सुन, उनके पीछे मुस्कराता खड़ा रहा।

चार

फिर सुषमा कुछ काम से बाजार गई, तो वहाँ अचानक ही नील मिल गया। उसे देख नील के चेहरे पर ऐसी मुस्कान आई, जैसे कि उसे बहुत बड़ी निधि मिल गई है। आग्रह कर वह सुषमा को वहाँ से एक रैस्ट्राँ में ले गया और ऑर्डर देकर बोला, ''आप नियति पर विश्वास करती हैं?''

''क्यों?''

''मैं आज यही सोच रहा था कि अभी कल ही तो आपके साथ गया था, आज कैसे जाऊँ? पर देखिए, आप ही मिल गईं।''

सुषमा को लगा कि नील की इस बात पर उसे बहुत बुरा लगना

चाहिए, अब उसे नील को झिड़क देना चाहिए, क्योंकि कहीं बात बिगड़ न जाए—वह सीमाएँ लाँघने लगा है।

उसके इस द्वन्द्व को भाँपकर नील ने बड़ी गम्भीरता से कहा, "आप मेरी बात पर नाराज तो नहीं हो गईं? मैंने तो जो सोचा था, कह दिया।"

चायदानी का ढकना उठाकर नीचे देखते हुए बिना मुस्कराए, बुरा-सा मानते हुए सुषमा ने कहा, "फिर कभी न कहिएगा।"

डाँट खाए-से बच्चे की तरह नील ने कहा, "नहीं कहूँगा। पर सोचने पर तो प्रतिबन्ध नहीं लगा सकेंगी आप?" उस समय सुषमा को नील बहुत ही प्रियदर्शन लगा।

"बताया नहीं आपने," सुषमा को अपनी ओर देखते पा, नील ने कहा।

"चाय पीजिए।" सुषमा चाय छानने लगी।

"आप लोगों में—मेरा मतलब टीचर्स में—बस यही तो खराबी होती है—हर जगह ऑर्डर देने लगती हैं। अब आप ही हैं, नन्ही गुड़िया-सी लगती हैं, पररोब इतना कि डर लगे। न जाने क्या-क्या जिम्मेदारियाँ ले रखी हैं! वार्डन, लैक्चरर..."

यह सुनकर, न चाहने पर भी सुषमा के होंठों के कोने ऊपर उठ गए। वह जानती थी कि वह अपनी आयु से बहुत छोटी दिखती है। नील के मुँह से यह बात सुन उसे भला-सा लगा।

"मेरी पढ़ाई गई लड़कियाँ आपसे बड़ी ही होंगी," उसने चम्मच से चीनी मिलाते हुए कहा।

वह नील से नाराज न हो सकी।

नील उसे छोड़ने कॉलेज तक आया—सुषमा ने बहुत मना भी किया, पर वह नहीं माना। अँधेरा हो जाने के बाद कॉलेज का गेट बन्द हो जाता था, टैक्सी वहीं रुकवाकर सुषमा उतर गई। नील ने कहा, "मुझे उतरने को नहीं कहेंगी?"

"आपको देर हो जाएगी।" सुषमा ने उसे टालना चाहा।

"मैं कोई लड़की थोड़ी ही हूँ, जो देर में न जा सकूँ।" कहता हुआ नील उतर आया। सुषमा को देख एक चौकीदार उसके हाथ के पैकेट लेने आया। दूसरा गेट खोलने भागा।

नील सुषमा के साथ उसकी कॉटेज तक आया। खटखटाने पर भौंरी ने द्वार खोल दिया और नील को देखकर उसे नमस्कार कर वह अन्दर चली गई।

"कॉफी बनवाऊँ?" सुषमा ने पूछा।

"नहीं, धन्यवाद!" नील ने कहा और अपने इर्द-गिर्द मँडराती बिल्ली को सहलाने लगा।

"आपकी है?" उसने पूछा।

"जी नहीं। एक सहयोगी हैं मिस शास्त्री, उनके जन्मदिन पर लड़कियों ने उन्हें भेंट की है।"

नील उसकी पीली काँच-सी पुतलियों को देखने लगा। बिल्ली कूदकर सोफे पर बैठ गई।

"नहीं डियरेस्ट, नीचे उतरो," सुषमा ने कहा। नील को चौंकता देख सुषमा ने कहा, "इसका नाम डियरेस्ट है।"

नील हँसने लगा। पर सुषमा के चेहरे पर कसाव कम न हुआ।

सुषमा गोद में हाथ रखे चुप बैठी रही। हल्के पीले रंग के शेड से कमरे के कुछ भाग में प्रकाश झरता रहा। सुषमा का साड़ी का किनारा रह-रहकर प्रकाश की किरणों को बाँध लेता। नील सोफे पर बैठा, कुछ झुका-सा डियरेस्ट की पीठ पर हल्के-हल्के हाथ फेरने लगा। फिर उसने सुषमा की ओर मुड़कर पूछा, "आप सचमुच नाराज हो गईं?" उसका स्वर बहुत मन्द था और उसमें पश्चात्ताप की-सी खनक थी।

सुषमा कुछ नहीं बोली, नील को देखती-भर रही। नील उठ खड़ा हुआ, "आप चुप हैं, इसलिए लग रहा है कि मुझसे बड़ा दोष बन पड़ा है। मैं स्वयं अनुभव कर रहा हूँ कि मेरा आना आपको अच्छा नहीं लगा।"

सुषमा तब भी कुछ न कह पाई। अपने अन्दर उठते मिश्रित भावों

की व्याख्या करने में वह असमर्थ रही। अभी-अभी जिस तरह नील झुककर डियरेस्ट को सहला रहा था, सुषमा को बड़ा भला लग रहा था। पर साथ ही यह भी उसे लग रहा था कि रात में नील का उसके साथ आना उचित न था। वह बेफिक्र तरुणी तो नहीं है। उसकी हर क्रिया को सूक्ष्म दृष्टि से देखा जाता है। बेकार में ऐसी बातों को क्यों जन्म दिया जाए। पर वह यह सब करती कैसे? नील समझेगा कि यह इस छोटी-सी बात को अनावश्यक महत्त्व दे रही है। रात के साढ़े नौ बजे यदि टैक्सी पर पहुँचाने चला ही आया तो ऐसा क्या हो गया?

नील ने उसके मुख पर अनिश्चय को पढ़ा। उसे भी यह महसूस होने लगा। सुषमा के अनायास मिल जाने पर उसे लगा कि यह शाम अधिक रंगीन हो उठी है। सुषमा जब चलने को उठी तो उसे एकाएक लग आया कि वह बहुत अकेला हो जाएगा। उसके साथ कुछ और समय बिताने के मोह से ही वह साथ चला आया।

''अच्छा, अब मैं जा रहा हूँ। गुड नाइट!'' नील कह उठा। वह कमरे से बाहर हो गया तो सुषमा ने जैसे जगकर कहा, ''सुनिए तो!''

नील नहीं रुका, वह लम्बे-लम्बे कदम रखता हुआ, बिना मुँह मोड़े, बिना पीछे देखे, चलता गया। उसके जूतों के नीचे रौंदी जाती बजरी का शब्द सुनाई दे रहा था। सुषमा अपने बरामदे में खड़ी निरुपाय-सी उसे जाते देखती रही। नील को उसने अकारण आहत कर दिया है। इसे वह जान रही थी। पर वह कितनी अदृश मर्यादाओं में बँधी है, यह वह नील को कैसे समझाए? वह देखती रही कि टीले के पीछे से खड़खड़ाती एक बस आई और नील उसमें चढ़ गया। बस के जाने के बाद फिर उस नीची सड़क पर सन्नाटा लौट आया। दोनों चौकीदार फाटक के पास चुप बैठे रहे और डियरेस्ट सुषमा के पैरों से लिपटती रही।

पाँच

शनिवार की साँझ–सुषमा सारे दिन कुशन-कवर काढ़ती रही थी। उसने रेशम और कपड़ा वैसे ही कुरसी पर छोड़ दिया और बाहर बरामदे में निकल आई। हवा ने धीरे-से, ठंडी उँगलियों से उसके गाल छुए–सुषमा झुककर खड़ी हो गई। चारों ओर के प्रकाश में उसका बँगला एक नन्हे शिशु की तरह सो रहा था। उसमें केवल अन्दर कमरे में बत्ती जल रही थी और नायलोन के परदों से छनकर आता प्रकाश फूलों की क्यारियों पर गिर रहा था। एक ओर कॉलेज की बड़ी-सी इमारत और दूसरी ओर होस्टल। कॉलेज के उस ओर टीचर्स क्वार्टर्स के लॉन पर दो धूमिल आकृतियाँ टहल रही थीं। आने-जानेवालों की गतिविधि पर दृष्टि

रखने के लिए दुर्गा शास्त्री होंगी। सुषमा ने आँखों को विश्राम देने के लिए उन्हें हथेलियों से ढँक लिया। घिरता अँधेरा और सन्ध्या की सहजता उसके शरीर में किन्हीं गाँठों को खोलने लगी। एक अपरिचित-सी शान्ति उस पर छा गई। ऊँची चहारदीवारी के अन्दर बसे उस संसार से उसका मन दूर अलग हो गया, अपना अस्तित्व भुलाकर वह एक बिन्दु-मात्र रह गई। शरीर को ढीला छोड़ कुछ भी न सोचती हुई वह अँधियारे की शान्ति को पीती हुई देर तक खड़ी रही।

"सुषमा!" मीनाक्षी के स्वर से उसने मुँह पर से हाथ हटाए और सीधी उठकर खड़ी हो गई।

"अँधेरे में क्यों खड़ी हो?"

"ऐसे ही," सुषमा ने उत्तर दिया।

"तुम अपना ब्रोकेड का बटुआ दे सकोगी सुषमा?" मीनाक्षी ने कुछ रुककर पूछा। सुषमा बिना कुछ कहे अन्दर गई, द्वार खोलकर बटुआ निकाला और उसे मेज पर उलट दिया। मीनाक्षी शीशे के आगे खड़ी हो अपने बाल छूती हुई स्वयं बोली, "आज मैं डिनर पर जा रही हूँ।"

"अच्छा?"

"पिताजी के एक मित्र हैं।" मीनाक्षी मुस्कराई। उसने अपना पर्स खोलकर दो-एक चीजें बटुए में रखीं। फिर उसे उठाती हुई बोली, "मेरे कपड़ों से मैच करेगा?"

"बहुत," सुषमा ने कहा।

"इतनी खोई-खोई-सी क्यों लग रही हो?"

"नहीं तो!"

मीनाक्षी ने छोड़ी हुई अपनी बात पूरी की, "पिताजी के मित्र हैं। उनके सुपुत्र कुछ महीने हुए विदेश से लौटे हैं, किसी काम से दिल्ली आए हुए हैं। वही मुझे 'डिनर' पर ले जा रहे हैं। अच्छा अब जाऊँ, नहीं तो देर हो जाएगी।"

मीनाक्षी के पैरों में जैसे पंख लगे हों। सुषमा उसमें आए परिवर्तन

से चकित थी। अपनी वेशभूषा के प्रति मीनाक्षी उदासीन ही रहती थी; उसे किताबें पढ़ने का शौक था और उससे भी अधिक उनका नाम सुनकर रोब जमाने का। पर इस समय उसके चेहरे पर ऐसा भाव था, जो अपनी शादी की बात सुनकर नीरू के चेहरे पर आता था।

सुषमा बटुए से निकली, मेज पर पड़ी चीजों को उठाने लगी। लिपस्टिक के दाग लगे दो रूमाल, एक चाभी, एक मुड़ा-तुड़ा कागज, जिस पर एक टेलीफोन नम्बर, एक पाउडर कॉपैक्ट। उसने कागज रद्दी की टोकरी में फेंक दिया, बाकी चीजें उठाकर शृंगारमेज पर रख दीं।

फिर वह बाहर नहीं गई, अन्दर के बरामदे में निकल आई। रसोई में भी सन्नाटा था, भौंरी बैठी हुई साग काट रही थी। सुषमा को हमेशा लगता था कि यह घर उसके लिए बहुत बड़ा है। हर महीने कुछ-न-कुछ नई चीज लाने के बावजूद अभी दो कमरे खाली ही पड़े थे। सुषमा को अकेलापन घेरने लगा। उसने सोचा कि किसी के पास थोड़ी देर जा बैठे, पर कपड़े बदलने और बाल सँवारने का प्रयत्न उसे बहुत बड़ा लगने लगा। उसने रात की रानी के फूलों का गुच्छा तोड़ लिया और आरामकुरसी पर, पैर ऊपर कर बैठ गई—उस खाली क्षण में उसके आगे मीनाक्षी का उत्फुल्ल मुख तैर गया और जैसे उसके सुख की दीवार में एक दरार-सी पड़ गई। वह न जाने क्या-क्या सोच उठी। ऐसे अवसरों पर सदा वह खिन्न हो उठती और उसे अपने माता-पिता ही दोषी प्रतीत होते। यदि कुछ परिस्थितियोंवश सुषमा का विवाह न टल गया होता तो आज उसके भी सबकुछ होता—एकान्त शामों का साथी, घर-मोटर बच्चे—सुषमा ने सायास इन विचारों पर पूर्णविराम लगा दिया।

फिर वह अनायास ही नील के सम्बन्ध में सोच उठी।

बहुत दिनों से उसे नील की कोई खबर नहीं मिली थी। उसके न आने से सुषमा को चैन-सा मिला था। नील ने उसके बँधे जीवन में ऐसी

हिलोरें उत्पन्न कर दी थीं कि उनके परिणाम की आशंका से सुषमा विचलित हो उठी थी। पर इस समय, हाथ में सुवासित फूल लिए नील के बारे में सोचना उसे बहुत स्वाभाविक लगा। अकेलेपन में हरेक के मन में एक मूर्ति उपज आती है, चाहे वह काल्पनिक हो या यथार्थ—उस क्षीण तन्तु के बल पर ही लम्बे, अकेले पल कटते जाते हैं। मीनाक्षी कहा करती थी कि वह सदा अपने भावी पति के बारे में सोचा करती थी। उसका स्वप्न-पुरुष किसी विदेश की यूनिवर्सिटी से शिक्षा-प्राप्त, सुसंस्कृत था।

सुषमा कभी ऐसी निरर्थक बात नहीं सोचती थी। उसने अपना जीवन स्वीकार कर लिया था। आयु और जिम्मेदारियों के बढ़ने से उसमें बहुत गाम्भीर्य आ गया था...उसके परिचित और मित्र दूसरी ही प्रकार के थे। उनकी हर बात भिन्न थी। सुषमा उनके साथ बात करते हुए यह भूल जाती थी कि वह एक स्त्री है, एक बहुत ही आकर्षक युवती; खुलकर बोलती, वाद-विवाद करती। उसका मस्तिष्क हर समय जागरूक रहता। पर नील?

नील के लिए शायद वह केवल एक आकर्षक युवती थी। शायद नील को उसकी आयु का ठीक अनुमान न था। नील को वह अच्छी लगती है। इस विचार से उसके अहम् को सन्तुष्टि-सी मिलती थी। फिर नील युवा था। उसकी आँखों की स्वच्छता, उसकी हँसी का खुलापन सुषमा को अच्छा लगा था। साथ ही, जीवन में पहली बार उसे उन खोए हुए वर्षों का दुख था। जीवन की भाग-दौड़ और आजीविका के प्रश्नों में चुपचाप विलीन हो गए वे वर्ष—और अब तो उसके चारों ओर दीवारें खिंच गई थीं, दायित्व की कुंठाओं की, अपने पद की गरिमा और परिवार की।

सुषमा को प्रेमी नहीं चाहिए था। उसे पति की आकांक्षा भी न थी, पर कभी-कभी उसका मन न जाने क्यों डूबने लगता। अपने परिवार का सारा बोझ अपने ऊपर लिए, सुषमा काँपने लगती। तब वह चाह उठती कि दो बाँहें उसे भी सहारा देने को हों, इस नीरवता में कुछ अस्फुट शब्द उसे भी सम्बोधन करें।

छह

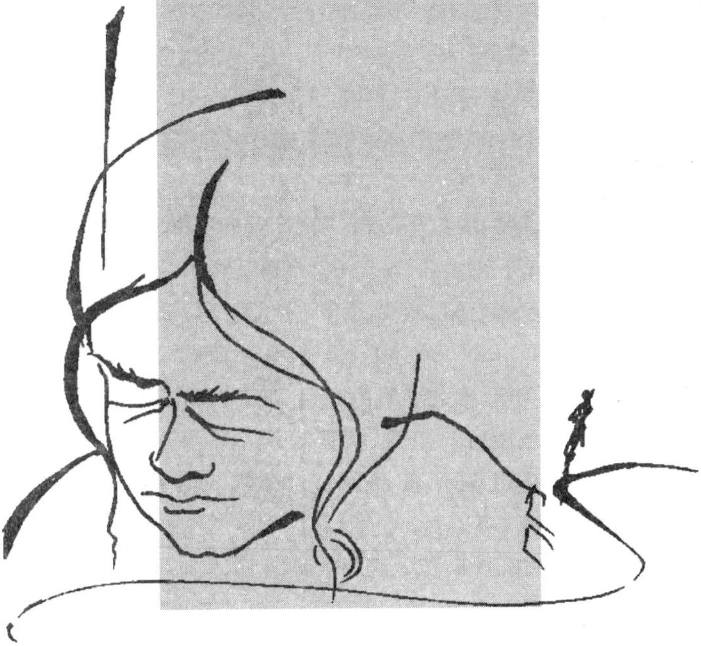

केवल सुषमा जाती हुई एम्बुलेंस को देखती रही। बाकी लोग अपने-अपने कामों में व्यस्त हो गए, पर उसके आगे स्वाति का नीला पड़ा चेहरा घूमता रहा। यह घटना इतनी शीघ्र हो गई कि सुषमा अभी तक उस धक्के को सँभाल न पाई। स्वाति पिछले ही वर्ष कॉलेज में आई थी और बँगला पढ़ाती थी। उसके रहस्यमय आचरण के बारे में सुषमा ने कभी-कभी कुछ सुना था। नींद की गोलियाँ खाकर आत्महत्या करने के प्रयत्न में स्वाति अब सभी की चर्चा का केन्द्र हो उठी थी। उसके अधिक सम्पर्क में न आने पर भी सुषमा के मन में उसके प्रति गहन करुणा उपज आई। न जाने किस कारण ने स्वाति को ऐसे कार्य

के लिए बाध्य किया होगा। वैसे तो डॉक्टर ने प्रिंसिपल को आश्वासन दिया था कि स्वाति ठीक जो जाएगी, पर सुषमा के मन में भय-सा समा गया। कुछ खिन्न और उदास सुषमा स्टॉफ-रूम में पहुँची तो वहाँ बड़ी चटपटी बातों का दौर चल रहा था। वह कुछ खड़ी-खड़ी सुनती रही, फिर सहसा ही उसका मन वितृष्णा से भर आया। उसे लगा कि वह शिक्षित महिलाओं के मध्य में न हो, कहीं नौकरानियों के बीच जा बैठी है। स्टॉफ-रूम में एकत्र सभी महिलाओं को स्वाति की बातों में वही रस आ रहा था जो कि महरी-महाराजिन को पड़ोसिन की चर्चा में आता था। और फिर एक दिन सुना कि पड़ोस की श्यामा मर गई है।

सुषमा ने बात बीच में काट कुछ तीखे स्वर में कहा, "ऐसी बात, मिसेज पुरी, क्या आपको शोभा देती हैं? कुछ भी हो, स्वाति हममें से ही एक थी। आज आप उसे कह रही हैं, कल किसी और को कहेंगी।"

सुषमा की बात से मिसेज पुरी का चेहरा एक क्षण को फीका हो आया,फिर वह सँभलकर बोलीं, "सामाजिक मापदंडों का जो उल्लंघन करता है, उसे दंडित होना ही पड़ता है, सुषमा! मुझे स्वाति से बिल्कुल भी सहानुभूति नहीं है।"

"आपके सामाजिक मापदंड यह कहते हैं कि आप सबके सामने किसी के व्यक्तिगत जीवन की धज्जियाँ उड़ा दीजिए? हरेक का जीवन एक ऐसा अनुलंघनीय दुर्ग है जिसका अतिक्रमण करना किसी का अधिकार नहीं है।" सुषमा क्रोध से काँपने लगी। उसी की साथिनें उसे हैरत से देख रही थीं, सुषमा कहती गई, "यदि आपको पता था कि स्वाति किसी परेशानी में है तो आपको सहायता करनी चाहिए थी। वह लड़की दूर देश में आकर अस्पताल में पड़ी है और आप..."

"मैं क्या सहायता करती? अपने पास रख लेती और शिशु होने पर मिठाई बाँटती?" मिसेज पुरी ने व्यंग्य से पूछा। बात बढ़ने के भय से मीनाक्षी सुषमा की बाँह पकड़कर अलग खींच ले गई। "तुम भी व्यर्थ की बातों में उलझ गई हो सुषमा—चलो, हमें किसी से क्या मतलब?"

बाहर निकलकर मीनाक्षी ने कहा, "तुम्हें बड़ा क्रोध आ गया, अभी

तक काँप रही हो।"

सुषमा अनायास ही मुस्करा दी, "मुझसे उनकी बातें सुनी न गईं मीनाक्षी! स्वाति की आयु ही क्या होगी! मुसीबत में फँस गई है तो मदद करना तो दूर उसकी दशा पर हँसना मुझे सह्य न हुआ।"

मीनाक्षी ने अपने कमरे का ताला खोलते हुए कहा, "दुनिया की यही रीति है सुषमा–दूसरे के फटे में पैर अड़ाना सबको अच्छा लगता है। और हम बहुत प्रबुद्ध, प्रगतिशील महिलाएँ बनने का दम भरती हैं।"

सुषमा थककर कुरसी पर धम्म-से बैठ गई। सारे कमरे में मीनाक्षी की चीजें लापरवाही से बिखरी हुई थीं–सुषमा ने एक दृष्टि पूरे कमरे पर डाली, फिर हाथ रख लिया। मीनाक्षी ने स्टोव पर पानी रख दिया और सुषमा के पास आकर बैठ गई। 'बेचारी स्वाति, अब वह क्या करेगी?' उसने अपने-आपसे कहा। सुषमा उसी तरह बैठी रही। स्वाति का क्या होगा, यही विचार उसे उद्वेलित कर रहा था और फिर मिस शास्त्री खबर लाईं कि स्वाति सेन ने एक महीने की छुट्टी के लिए दरख्वास्त दी है।

"यही तो होना था," मिस शास्त्री ने कहा, "मुझे उसके रंग-ढंग देखकर ही शक होता था। पार्ट टाइम बंगला की लेक्चरर, उसमें हर रोज साठ-पैंसठ रुपए की साड़ी पहनना कैसे सम्भव हो सकता था।" मिस शास्त्री की दृष्टि सुषमा पर पड़ी और एक लघु क्षण को रुककर बोलीं, "भई मैं तो कहूँगी सुषमा, तुम न सुनना चाहो तो उठ जाओ। यह अनाचार मुझसे नहीं देखा जाता।"

सुषमा उनकी बात मुस्कराकर टाल गई।

"अब लड़कियों को ही लो, न तमीज, न कायदा, न शर्म-लिहाज– कल मैं रात को कपड़े बदल रही थी कि अचानक ही ऊपर नजर गई। देखती क्या हूँ कि रोशनदान से दो लड़कियाँ झाँक रही हैं।"

मिस शास्त्री की बात सुन, सुषमा के पास बैठी मीनाक्षी ने अपनी हँसी छिपाने की चेष्टा में मुँह फेर लिया।

"आपने उन लड़कियों को डाँटा क्यों नहीं? मुझे नाम बताइए तो

मैं फाइन कर दूँ," सुषमा ने कहा।

मीनाक्षी धीरे-से बोली, "वाह वार्डन साहिबा, बड़ा रोब है! पर उस दिन रात को किसके साथ वापस आई थीं। इसकी कैफियत तो दीजिए।"

"मैं?" सुषमा ने आश्चर्य से आँखें फैलाकर पूछा, "कब?"

और तभी अचानक उसे याद आ गया और वह झेंप गई।

"अरे हटो!" उसने मीनाक्षी को घूरकर देखा।

"बड़ी तेज आँखें हैं मेरी! कौन था?" उसने कुरेदा। मीनाक्षी हँसने लगी।

"अरे ऐसे ही जान-पहचान के एक थे। कनॉट प्लेस में मिल गए, उन्हें बहुत मना किया, पर वह माने ही नहीं, यहाँ तक छोड़ गए।" सुषमा ने बहुत सहज भाव से कहा। उसे लगा कि इससे अधिक नील का परिचय और क्या दिया जा सकता है।

सात

पन्द्रह सितम्बर को सुषमा का कॉलेज दशहरे की छुट्टी के लिए बन्द हुआ। होस्टल एक दिन में खाली हो गया। घर जाने से पहले सुषमा को तीन-चार दिन रुकना पड़ा। अधिकांश नौकर भी छुट्टी पर चले गए। जाने से एक शाम पहले वह कॉलेज के सामने के लॉन में चुप, अकेली बैठी थी। उसने सुरमई रंग की एक कार गेट से अन्दर घुसते देखी–किसी लड़की के बारे में पूछने कोई आया होगा, यह सोच सुषमा ने उस ओर ध्यान नहीं दिया। कार पोर्च में जाकर रुकी। सुषमा ने मुड़कर भी नहीं देखा। पीछे से परिचित-से स्वर ने कहा, "सुषमाजी!"

"ओ–आप? आइए।" सुषमा ने स्वयं नहीं जाना कि उसके कंठ

में आह्लाद आ गया है। उसकी आँखें एकदम से दिप उठीं। नील वहीं घास पर उसके पास बैठता हुआ बोला, "आप अभी तक यहीं हैं? घर नहीं गईं?"

"कल सुबह की ट्रेन से जाऊँगी।"

"तब तो ठीक टाइम से आ गया। अगर न आ पाता तो आप न मिलतीं। मैं घर चला गया था, कल रात आया हूँ।" नील ने बताया।

"सब लोग ठीक हैं?" सुषमा ने पूछा।

"ठीक हैं," नील हँसा, "ऐसी आत्मीयता से पूछ रही हैं जैसे सभी को जानती हों। पता भी न होगा कि घर में कौन है।"

"कौन-कौन हैं?" सुषमा ने पूछा।

"सभी कोई! बहुत स्नेही माँ, बहुत ढीठ बहन। नलिनी बी.ए. में पढ़ रही है। इस बार मैं कार भी ले आया; पिछली बार गलत बस में बैठ गया था, बड़ी मुश्किल से पहुँचा।"

सुषमा हँसने लगी, "और क्या होगा? आप तो इतने अस्थिर-मन हैं; कोई कहेगा कि मत आओ तो आएँगे, रुकने को कहा जाएगा, तो चले जाएँगे।"

"न आपने बुलाया, न आपने रोका; जबरदस्ती आया था, जबरदस्ती चला गया," नील ने बिना किसी शिकायत के कहा।

वह सुषमा की पलकों का उठना-गिरना देखता रहा। वह घुटनों को बाँहों से घेरे बैठी थी। ढीली वेणी में से कुछ बाल निकल आए थे। उसकी समझ में नहीं आ रहा था कि वह नील से क्या बात करे। नील ने उसकी ओर हाथ बढ़ाया तो वह बुरी तरह चौंक गई।

"आपके ब्लाउज पर एक कीड़ा है," नील ने कहा। गरदन मोड़कर सुषमा ने देखा और उँगली से कीड़ा झाड़ दिया। शायद वह जान रही थी कि आगे क्या होगा, इसलिए जब नील उसके पास गया, तो उसे आश्चर्य नहीं हुआ। वह अपनी पीठ पर नील के दिल की धड़कन महसूस कर रही थी और नील की उँगलियाँ उसकी अनावृत बाँहों को छू रही थीं। वह उसी तरह, बिना हिले बैठी रही और स्थिर पलकों से

कॉलेज की नई बिल्डिंग देखती रही। उसे पता था कि कहीं कोई नहीं है, रात का चौकीदार छुट्टी पर है, अगर सारी रात भी वे दोनों ऐसे ही बैठे रहें तो किसी को पता नहीं लगेगा। सारी रात...उसका सारा शरीर थरथरा उठा। नील ने कुछ नहीं कहा, उसकी पीठ से सटा बैठा रहा, उसकी बाँहों को हल्के-हल्के छूता रहा—उसके केशों की सुगन्ध में डूबा-सा। सड़क पर से बेसुरे कंठ से गाता हुआ कोई राही गुजर गया; एक बस, बिना रुके ही तेजी से निकल गई।

"क्या सोच रही हैं?" नील ने बहुत धीरे-से कहा।

"कुछ नहीं, खम्भे देख रही हूँ।"

"कितने खम्भे हैं?"

"आप ही गिन लीजिए।"

उसी तरह बैठे-बैठे नील ने पचपन तक गिना, फिर कहा, "अब तो नहीं गिना जाता, अँधेरे में। फिर गिनूँगा।"

फिर मौन। सामने कॉलेज की विशाल इमारत, जिसमें ढेर-से खम्भे थे, हर खम्भे में एक बत्ती लगी थी, लम्बी लाल दीवारें और निर्जनता।

"यहाँ रहना अच्छा लगता है?" नील ने कहा।

"हाँ।"

फिर लम्बा मौन!

नील ने कहा, "आप तो चुप बैठी हैं।"

"फिर क्या करूँ? क्या बात करूँ? आधुनिक कविता पर? पिकासो पर?"

"नहीं, अपने बारे में कुछ बताइए। मैं आपके बारे में कुछ नहीं जानता, सिवा इसके कि आप मुझे बहुत अच्छी लगती हैं।"

अपने को पीड़ा देने की किसी अनजान भावना से प्रेरित हो, अपने स्वप्नों को रौंदते हुए सुषमा ने कहा, "उम्र तैंतीस बरस, घर की गरीब, हिन्दी की टीचर...कुछ और जानना चाहते हैं?" उसके कंठ की तलखी नील को खट्-से लगी।

सुषमा की आँखों में आँसू भर आए—जैसे ओस की दो बूँदें! उसका

सिर नीचे झुक गया। नील उससे अलग हो गया और बोला, ''रो रही हैं आप? क्यों?''

उसकी ओर मुँह मोड़कर सुषमा ने कहा, ''प्लीज़, लीव मी अलोन!''

बहुत धीरे-से नील ने कहा, ''अच्छा...जा रहा हूँ, फिर कभी आपको तंग न करूँगा।''

सुषमा ने उसकी ओर से मुँह फेर लिया। उसने कार स्टार्ट होने की आवाज सुनी, फिर गेट के पास रुककर शायद नील ने उसे खोला और चला गया।

सुषमा को एक अनजानी उदासी ने घेर लिया। उसने अपने खुले बालों को इकट्ठा कर उनमें एक बल देकर गाँठ बाँध ली और बक्स में कपड़े रखने लगी। उसका मन हो रहा था कि सो जाए, कुछ करे न। घर जाने का वह उत्साह न जाने कहाँ डूब गया। अन्दर चौके में भौंरी बर्तन उठाकर रख रही थी। उसकी तत्परता देख सुषमा को और खीज आ रही थी। बक्स में कपड़े भरकर उसने वहीं कमरे के बीचोंबीच छोड़ दिया। उसकी समझ में नहीं आ रहा था कि खाली तीन-चार घंटे कैसे बिताए। अगर नील होता तो वह समय सहज ही कट जाता। सुषमा ने इस विचार को जन्मते ही कुचल डाला। नील से मुझे क्या...वह मेरा कौन है? पर उसकी खुली बाँहों में हल्की-सी सरसराहट हुई और बढ़ती-बढ़ती उसके सारे शरीर में व्याप गई। सुषमा पलँग पर औंधी जा गिरी। उसने नरम तकिए में मुँह गड़ा लिया और फिर उसने दाँतों से होंठ काट लिए और वैसी ही निश्चल पड़ी रही।

आठ

सुषमा के दोनों भाई उसे लेने स्टेशन आए थे। सामान उतरवाकर चलने पर संजय ने पूछा, "जीजी, मेरे लिए जैकेट लाई हो?"

"लाई हूँ पगले! उतावला क्यों होता है?" सुषमा ने उसके बाल बिखराते हुए कहा।

घर पहुँचकर सभी उसका बक्स खुलने की प्रतीक्षा में इधर-उधर मँडराने लगे।

"अरे, उसे चैन भी लेने दोगे?" माँ ने डाँटा।

मुस्कराती हुई सुषमा ने बक्स खोला। सबसे पहले निकली संजय की लेदर जैकेट, विनय के लिए सिली हुई कमीजें, निरुपमा के लिए

ऊन, प्रतिमा के सलवार-कमीजों के कपड़े और मैचिंग दुपट्टे, सबसे आखिर में पिताजी के लिए बढ़िया कम्बल और माँ के लिए साड़ी।

छपी हुई साड़ी उलटते-पुलटते हुए माँ ने कहा, "अरे, मेरे लिए क्यों लाई? मैं क्या करूँगी? तुम्हीं लोग पहनो-ओढ़ो।" पर वह मुस्करा रही थीं। रखते हुए बोलीं, "वकील साहब के पोते का नामकरण होगा तो पहनूँगी।"

"अच्छा, नारायण के लड़का हुआ है?" सुषमा ने बक्स में ताला लगाते हुए पूछा।

"हाँ।" इस बार माँ के स्वर में उल्लास न था। उन्होंने एक लम्बी साँस ली और सुषमा से चाबी ले ऊपर कमर में खोंस ली।

"चलो, मुँह-हाथ धो लो, कपड़े बदल लो, खाना लगा दूँ," उन्होंने कहा।

रात को सुषमा ने आग्रह किया कि पिताजी नया कम्बल ओढ़ें। वह उनका हुक्का भरकर ले आई और पास बैठ गई। उसके मन में गहरा सन्तोष था और सबसे घिरकर बड़ा अच्छा-अच्छा लग रहा था।

"कितने का लिया बेटा?" कम्बल के नरम रोंयों पर हाथ फेरते हुए शर्माजी ने पूछा।

"तिरेसठ रुपए का।"

"क्यों, इतना रुपया खर्च करती हो? इतना महँगा कम्बल लेने की क्या जरूरत थी? पिछले साल ही तो मेरी रजाई में नई रुई पड़ी है।" कुछ देर बाद बोले, "मैं तो तुम्हारे लिए कुछ न कर सका।" उनके स्वर के भीगेपन में सुषमा डूबकर रह गई। उसने खुले हुए पैरों को धोती से ढकते हुए मन्द स्वर में कहा, "इतना सब तो किया आपने—पढ़ाया, लिखाया..." और स्वयं उसका कंठ भर आया और वह सिर झुकाकर अपनी साड़ी पर छपे मोर और हाथियों की पंक्ति को देखने लगी। पर उस क्षण उसके मन में वे सारी शिकायतें जाग उठी थीं जो उसे अपने

पिता के प्रति थीं। कृष्णा मौसी ने ठीक ही कहा था। यदि पिताजी चाहते तो क्या उसका विवाह नहीं कर सकते थे। लोग लाख प्रयत्न कर बेटी के ब्याह का सामान जुटाते हैं। क्या उसी के पिता अनोखे थे? बात असल यह थी कि उन्होंने यह चाहा ही नहीं कि सुषमा की शादी हो, उनके अन्तर्मन में यह बात अवश्य होगी कि सुषमा से उन्हें सहारा मिलेगा। वह पढ़ने में प्रारम्भ से ही तेज थी और साथ ही बड़ी आज्ञाकारिणी थी। वह जब एम.ए. फाइनल में थी तब तो उसकी शादी करीब-करीब तय ही हो गई थी। मामा बीच में पड़े थे, पर पिताजी ही ढील दे गए। माँ के अफसोस करने पर उन्होंने कहा था, "निर्मला को देखो, नौकरी करती है, आराम से रहती है। हमारी सुषमा भी वैसे ही रहेगी। उसे कोई तकलीफ न होगी।" उनके रिटायर होने में तब केवल तीन साल बाकी थे और बच्चे छोटे थे। उस समय सुषमा की शादी करने से उनकी सारी आर्थिक व्यवस्था गड़बड़ हो जाती।

इस ज्ञान ने सुषमा के अन्दर न जाने कितना कड़वापन भर दिया। उसकी शादी नहीं होगी, यह उसने कल्पना ही नहीं की थी। पर उस समय वह न जाने कितनी दृढ़ हो गई! नौकरी के लिए उसे कितना भटकना पड़ा और अब इस नौकरी को पाकर उसे लगा कि तूफान से बचकर उसकी जीवन-नौका एक शान्त बन्दरगाह पर आ पहुँची है।

दीवार से टेक लगाए बैठी सुषमा ने लम्बी पलकें उठाकर पिता को देखा। उनके थके, बूढ़े चेहरे को देखकर उसे लगा कि उसने उनके साथ अन्याय किया है। उन्होंने कभी न चाहा होगा कि उनकी बेटी अविवाहित रह जाए, पर उनकी अपनी विवशताएँ होंगी, जिन्हें वह समझ न पाई होगी। मन-ही-मन न जाने वह कितना घुले होंगे, अपनी विवशताओं में उलझकर रह गए होंगे, और सुषमा को उस असामर्थ्य की कचोट का आभास भी न हुआ होगा।

खुले दरवाजे से ठंडी हवा का एक तेज झोंका आया और सुषमा का शरीर सिहर उठा। उसे लगा जैसे अभी-अभी किसी की उँगलियाँ उसकी बाँह को सहलाती हुई चली गई हैं।

अम्माँ सुबह से जिद कर रही थीं कि सुषमा भी साथ चले। सुषमा का मन बिल्कुल न था, पर माँ का दिल रखने को वह तैयार हो गई। नीरू जब से बड़ी हो गई थी, माँ उसे सब जगह सजा-सँवारकर साथ ले जाती थीं कि चार लोग देखें और चर्चा करें कि शर्माजी की मँझली लड़की बड़ी सुन्दर है। सुषमा ने बच्चे के लिए एक चाँदी का झुनझुना खरीद लिया। वकील साहब के घर बड़ी चहल-पहल थी, दो लड़कियों के बाद यह पहला पोता हुआ था। नारायण बाहर ही उन्हें मिल गया।

"तुम? कब आईं?" कितना सहज, स्वाभाविक था उसका कंठ।

"काफी दिन हो गए," सुषमा ने उत्तर दिया।

"आज आने की फुरसत मिली?" नारायण ने उलाहना दिया।

"आज भी कहाँ आ रही थीं," निरुपमा ने कहा, "बड़ी मुश्किल से आईं।"

"क्यों आएँगी भला? बड़ी रोब-दाबवाली हो गई हैं।"

नारायण सुषमा को चिढ़ाने लगा। उसकी दृष्टि सुषमा से मिली और बँधकर रह गई। सुषमा ने पाया कि नारायण के मुस्कराने में अब भी थोड़ा-सा खुटका दाँत दिखाई देता है। उसने साड़ी के पल्ले से पीठ ढकते हुए कहा, "तुम ही कौन कम बड़े हो गए हो! तुम क्यों नहीं आए?"

नारायण मुस्कराकर रह गया।

अपनी साड़ी को छिड़काव की गई गीली मिट्टी से बचाती सुषमा अन्दर चली गई। बरामदे में फर्श पर औरतों और बच्चों की भारी भीड़ थी। उसकी माँ निःसंकोच मैली और जगह-जगह से फटी दरी की परवाह न कर अपनी परिचित स्त्रियों में जा बैठी। सुषमा ने किनारे खड़े हो सब पर एक दृष्टि डाली। नारायण की बहन प्रभा भीड़ में से उठी और उसके पास आकर बोली, "नमस्ते दीदी, चलिए, आपको भाभी के कमरे में ले चलूँ।"

नारायण की पत्नी ने बड़े स्नेह से उसका स्वागत किया। सुषमा ने बच्चे के पलँग पर उपहार का पैकेट रख दिया और बैठ गई।

प्रभा ने बच्चे को उठाया और सुषमा की गोद में दे दिया। सुषमा ने उसके मुलायम गाल को छूते हुए पूछा, "इसका क्या नाम रखा गया?"

"नारायण दादा तो इसका नाम अमित रखना चाहते हैं, अम्माँ ने आनन्द रखा है," प्रभा ने बताया। रेशमी पीले कुरते में बच्चा बड़ा प्यारा लग रहा था। सुषमा उसे मुग्ध दृष्टि से देखती रही। उसने हल्के से उसके गाल छुए और वह अचानक रो पड़ा। जल्दी से उसकी माँ को देकर सुषमा मुड़ी तो देखा कि कमरे में नारायण भी आ गया था।

बच्चे को खिलाते हुए नारायण की पत्नी ने कहा, "देख बेबी, तेरी आंटी कहेंगी कि बड़ा रोता है।"

सुषमा के चेहरे पर किसी ने कृत्रिम मुस्कान चिपका-सी दी। नारायण अपने छोटे-से संसार में कितना सन्तुष्ट और सुखी दीखता था! क्या इस क्षण उसे याद नहीं आ रहा होगा कि कभी उसने सुषमा की चाहना की थी। सुषमा ने नजर बचाकर नारायण को देखा।

नारायण भी उसे देख रहा था। उस दृष्टि-विनिमय में कोई भी सन्देश, अतीत की कोई परछाईं नहीं थी—वह दृष्टि धुली, स्वच्छ और गर्वित थी।

सुषमा ने हाथ बढ़ाकर नारायण की बिचली लड़की को अपनी ओर खींचते हुए कहा, "तुम रश्मि हो न? किस क्लास में पढ़ती हो?"

जो छायाएँ नारायण के चेहरे पर नहीं थीं, उन्हीं ने सुषमा को गहरे अवसाद से ढँक दिया।

नारायण की पत्नी के पीले मुख पर बड़ी आभा थी, घर-बाहर सब ओर से उस पर सुख-कामनाओं और आशीषों की वर्षा की जा रही थी। सुषमा एक अपरिचित-मात्र बनी यह सब दूर से देख रही थी। उसके मन में, बहुत पुरानी एक चोट फिर से टीस उठी। बचपन से एक स्वप्न मन में सँजोया था, जिसका केन्द्र नारायण था। सुषमा के आगे उन्नीस बरस की एक शर्मीली लड़की आकर खड़ी हो गई। उसका चेहरा रह-रहकर लाल हो उठता था और पलकें थीं कि लाज के मारे उठ नहीं पा रही थीं।

समय के इतने लम्बे अन्तराल के बाद भी सुषमा उस लड़की को बड़ी स्पष्टता से देख उठी। वह घर की धुली, लाल किनारे की सफेद साड़ी पहने थी, बाल सुबह से नहीं सँवारे थे। वह रह-रहकर, चोटी के खुल गए बालों को उँगली पर लपेटने लगती थी। उस दिन के बाद वह बहुत ही मीठे स्वप्नों में डूबी रहने लगी थी। कॉलेज जाती पर सारे समय वह क्लासरूम की खिड़की के बाहर देखा करती; कभी-कभी उसकी दृष्टि खिड़की पर आ बैठे गौरैया के जोड़े पर चली जाती और उसका दिल एक अनजाने वेग से धड़कने लगता।

सुषमा के आगे वह लड़की एक बार फिर आ खड़ी हुई। वह घर की धुली सफेद साड़ी पहने थी। उसके होंठ रह-रहकर काँप उठते, उसकी आँखें निरन्तर रोने से लाल थीं। उसका मन पढ़ने में नहीं लगता। जब कभी उसकी दृष्टि क्लासरूम में चक्कर काटकर उड़ते गौरैया के उस जोड़े पर जाती, उसका दिल एक जानी-पहचानी पीड़ा से भर उठता।

वकील साहब की बहुत प्रतिष्ठा थी। वह नारायण की शादी बड़े ऊँचे घर में करना चाहते थे। उनकी पत्नी ने सुषमा के लिए बहुत हठ किया; पर वकील साहब ने नारायण की शादी कहीं और तय कर दी। सुना, नारायण को भी वह लड़की पसन्द थी। सुना, उस लड़की के पिता सिविल सर्जन थे और दहेज से घर-आँगन भर गया था। सुषमा की माँ बहू देखकर लौटीं तो बड़े व्यंग्य से बोलीं, "अरे बहू तो एकदम काली है, वकील साहब को बड़ा घमंड था, देखना मेरी सुषमा कितने अच्छे घर जाएगी।"

वह विचार सुषमा को ज़रा भी सांत्वना न दे सका। वह अनन्त रातें आँचल मुँह में ठूँसकर रोते बीतीं। कोई कितना रो सकता है, इसका अनुमान उसे स्वयं न था। कितना अपरिमित सागर लहराता है पलकों की ओट में, यह उसने पहली बार जाना।

अब नारायण के घर से लौट, बिना कपड़े बदले ही वह बिस्तर पर लेट गई। खाने के समय माँ ने प्रतिमा को उसे बुला लाने को भेजा।

प्रतिमा ने उसे हिलाकर कहा, "जीजी, चलो खाने।"

"मेरा मन नहीं हो रहा है। वहाँ काफी खा लिया था," सुषमा ने कहा।

प्रतिमा लौट आई और माँ से कह दिया। माँ उठकर स्वयं गईं और बोलीं, "कुछ तो खा लो सुषमा। वहाँ भी तो कुछ नहीं खाया।"

सुषमा तुरन्त उठकर बैठ गई, "मैं तो आ रही थी।"

मन में ढेर-सी शर्म आई—माँ इतनी सरल नहीं जितनी समझी जाती हैं, कहीं उन्हें भी वह सब याद न आ रहा हो।

अम्माँ ने फूली हुई रोटी की राख झाड़ी और उसकी थाली में डालकर बोलीं, "रूप को रोवें, भाग की खावें। बड़ा जबरदस्त भाग लेकर आई है नारायण की बहू। देखो तो, सभी कुछ था, अब लड़का भी हो गया।"

माँ के शब्दों में खेद था और थोड़ी-सी लालसा-मिश्रित ईर्ष्या भी। सुषमा के मौन का ख्याल न करती हुई वह अपने ही विचारों के तारतम्य को शब्द देती गईं, "वकीलन तो बहुत चाहती थी, वह राजी नहीं हुए। जिसका जहाँ, जिससे संजोग जुड़ा होता है, वही होता है। हमारे करने-न-करने से क्या होता है!"

सुषमा ने सोचा कि अपनी असमर्थता किस सफाई से भाग्य पर डाल माँ ने अपने को समझा लिया है। वह समझ नहीं सकी कि माँ चाहती क्या हैं! इस तरह के उत्सवों में सम्मिलित हो वह सदैव असन्तुष्ट हो जाती हैं।

वह चुपचाप कौर निगलती रही।

नौ

मीनाक्षी का पत्र सुषमा को बहुत उद्विग्न कर गया। वह देर तक पत्र हाथ में लिए बैठी रही। प्रतिमा ने उसे बहुत विचारमग्न देखकर पूछा, "जीजी, किसकी चिट्ठी है?"

"मेरी एक सहेली है। उसकी शादी कलकत्ता के एक बिजनेसमैन से तय हो गई है।"

प्रतिमा की आँखें गोल हो आईं—"तब तो वह बड़े अमीर होंगे।"

"शायद!" कहते हुए सुषमा ने चिट्ठी तकिए के नीचे रख दी। मीनाक्षी कभी लम्बी चिट्ठी नहीं लिखती थी, पर इस बार उसने अपने मन की गाँठें खोल दी थीं। 'मैं अच्छी तरह समझ रही हूँ कि दिनेशजी

का और मेरा संसार बिल्कुल भिन्न है। उनसे विवाह कर मैं एक नई, अपरिचित दुनिया में प्रवेश करूँगी। वह हमेशा कॉकटेल पार्टी, डिनर एंड डांस तथा ब्रिज की बातें करते हैं। कौन-सी कार की बॉडी और किसका इंजन...मैं अगर उसमें जाँ पाल सार्त्रे की बात छेड़ दूँ तो वह कितने चकित होंगे! पर सच बात यह है, सुषमा, कि मैं अपने इस जीवन से बुरी तरह ऊब गई हूँ। लेक्चर्स और ट्यूटोरियल में बँधी हमारी संकुचित जिन्दगी, छोटे-छोटे झगड़े, पर-निन्दा–यह मेरा ध्येय न था। शायद तुम मुझे पलायनवादी कहो, पर जब एक द्वार मेरे सामने खुल रहा है तो मैं उससे क्यों न निकल भागूँ।'

जिसके चारों ओर द्वार बन्द हों वह क्या करे? उसी कारागार में रहता रहे, सींखचों से आती धूप और मद्धिम प्रकाश के बल पर साँसें लेता रहे। तो अब वहाँ मीनाक्षी भी न रहेगी, सुषमा सोच उठी।

मीनाक्षी अपने सहज स्वभाव के कारण सुषमा के मन के निकट आ गई थी। वह भी सुषमा को चाहने लगी थी, और प्रायः सुषमा के कारण औरों से झगड़ भी पड़ती थी। पर उसने मीनाक्षी के भविष्य का विचार कर उसके लिए सुखी होना चाहा।

संजय ने कमरे में आकर कहा, "जीजी, तुम हर वक्त खाली बैठी-बैठी क्या सोचा करती हो? मेरा स्वेटर ही बुना करो, मुझे पता है वह अधूरा रह जाएगा।"

सुषमा ने सायास हँसते हुए कहा, "तो इतना बिगड़ता क्यों है? वहाँ से पूरा करके भेज दूँगी।"

"बड़ी आलसी हो गई हो, कुछ भी नहीं होता। आकाश के उस टुकड़े में ऐसा क्या दिखता है, जो हर वक्त उधर ही ताका करती हो?"

सुषमा मुस्करा दी।

फिर प्रतिमा उसके पास सरक आई–"जीजी, क्या सच मैं डॉक्टर बन सकूँगी?"

उसका उजला, तरुण मुख उसकी सारी आशंकाएँ प्रतिबिम्बित कर उठा।

"क्यों नहीं प्रतिमा!"

"उतने बरस लगते हैं, फिर सब कहते हैं कि बड़ा खर्च होता है।"

"तुझे खर्च की चिन्ता क्यों पड़ गई?" सुषमा ने गर्दन मोड़कर उसे देखा।

"अम्माँ हर वक्त रोना रोया करती हैं, नीरू की शादी, हम सबकी पढ़ाइयाँ। कहती हैं कि डॉक्टर बनकर क्या करेगी। नीरू के बाद..." प्रतिमा चुप हो गई। सुषमा प्रतिमा को देखने लगी। यह छोटी-सी बहन इतनी बड़ी हो गई है कि शादी की बात से शरमाने लगी है। प्रतिमा के मुख पर अभी भी बचपन की छाप थी, पर मानसिक रूप से वह बहुत प्रौढ़ हो गई थी।

आज की जिन्दगी कितना कुछ सिखा देती है, सुषमा ने सोचा।

संजय ने उछलकर कहा, "और अम्माँ कहती हैं कि वह अरविन्द है न, नारायण दादा का छोटा भाई, उससे प्रतिमा की शादी कर देंगे।"

"हट! तू बीच में क्यों बोलता है?" प्रतिमा ने बड़े बड़प्पन से संजय को झिड़का।

"जीजी, जीजी, जब इनका प्रैक्टिकल खराब हो गया तो लगीं रोने। अरविन्द ने बहुत समझाया, तब चुपीं।"

सुषमा के होंठ टेढ़े हो गए–एक स्वप्न का जन्म और उसकी मृत्यु, क्या प्रतिमा के साथ उसी इतिहास की पुनरावृत्ति होगी? फिर उसने स्वर में बड़ा प्यार भरकर कहा, "अम्माँ की बात न सुना कर! अभी एक साल और है। फिर जहाँ भी कहेगी, वहाँ पढ़ने का इन्तजाम हो जाएगा।"

"जीजी, मेरा स्वेटर?" संजय ने याद दिलाई।

"वह भी हो जाएगा।"

उस दिन के बाद सुषमा ने अपने को विविध कार्यों में उलझा लिया; संजय का स्वेटर बुनने लगी, निरुपमा को कुशन-कवर्स के नए कढ़ाई के डिजाइन बताए। वह कभी-कभी रसोई में भी चली जाती और अम्माँ का हाथ बँटाती। अम्माँ को इन दिनों सुषमा पर बड़ा दुलार आ

रहा था, तरह-तरह के पकवान बनाकर खिलाया करतीं। खाने के बाद रात को सुषमा पिताजी को पान लगाकर देती और उनके पास बैठकर उन्हें कॉलेज की बातें बताया करती। उसे लगता कि उसके हारे-थके पिता के मुख की रेखाएँ कम हो जाती हैं, जैसे उन्हें बड़ा चैन हो कि उनकी चिन्ताओं का साझेदार कोई और भी है।

पर इतनी व्यस्तता में भी वह कभी अनमनी, गुमसुम हो जाती। छुट्टी के दिन जैसे पंख लगाकर उड़े जा रहे थे। जब वह वापस चली तो पिता को उसके हाथ के लगे पान न मिलने का दुख था। संजय उदास हो उठा। प्रतिमा रोई। सुषमा का दिल स्वयं भर आया।

लौटते हुए ट्रेन जब यमुना ब्रिज पर से गुजरकर दिल्ली स्टेशन की ओर बढ़ी तो वह पलकें झपकाती शहर की सहस्रों बिजलियों को देखने लगी। उसे लगा कि वह अब अपने घर आ गई है।

वह डिब्बे से उतरकर अपना सामान कुली पर रखवाकर चलनेवाली थी कि कुछ दूर पर एक खम्भे के पास चुपचाप खड़े नील पर उसकी दृष्टि पड़ी। वह अचकचाकर रुक गई। नील धीरे-धीरे उसके पास आया और बोला, ''नमस्कार! पहचान लिया आपने?''

सुषमा को दिन-भर के सफर के बाद की अपनी मटमैली साड़ी, बिखरे बालों और अपने मुँह पर कोयलों की परतों का खयाल आ रहा था। नील बिल्कुल सफेद कमीज और पतलून पहने हुए था।

''किसी को लेने आए थे?'' उसने पूछा।

''हाँ,'' नील उसकी आँखों में देख रहा था। उसकी इस तरह सीधा देखने की आदत से सुषमा को बहुत घबराहट होती थी।

''फिर वो आए कि नहीं?''

''आए,'' नील ने कहा।

उसके शब्दों में कहीं कोई दुराव न था। उसकी आँखें साफ-साफ सुषमा से कुछ कह रही थीं। पर उस मूक अनुनय की अवज्ञा कर सुषमा ने कहा, ''अच्छा तो नमस्ते।''

सुषमा नील को छोड़कर आगे बढ़ गई। कुली ने सामान ले जाकर

टैक्सी पर रख दिया। वह सामान रखवाकर मुड़ी कि पीछे से नील ने हठी बच्चे की तरह कहा, "मैं भी चलूँगा।"

वह चौंकी, "आप कहाँ से आ गए?"

"पीछे-पीछे तो आ रहा था। एक बार भी मुड़कर आपने नहीं देखा। मैं कहे देता हूँ, चाहे नाराज हों। मैं भी चलूँगा।"

"वहाँ तक चलेंगे, फिर लौटकर आएँगे?" सुषमा ने पूछा।

"हाँ, इतनी रात को मैं सात-आठ मील अकेले नहीं जाने दूँगा।"

"हमेशा ही तो जाती हूँ," सुषमा मन्द स्वर में बोली। नील के हठ के समक्ष वह अवश होने लगी। वह नील को ताकने लगी।

"पर मैं आज नहीं जाने दूँगा।"

सुषमा के पर्स खोलने से पहले नील ने ही कुली को पैसे देकर निपटा दिया। उसने टैक्सी का दरवाजा खोला और सुषमा चुपचाप एक कोने में बैठ गई।

जब तक टैक्सी चाँदनी चौक और दरियागंज की भीड़-भरी सड़कों से गुजरती रही, नील शीशे से बाहर देखता रहा। जैसे ही वह मथुरा रोड की अपेक्षाकृत अँधेरी और सुनसान सड़क पर आई, नील उसके पास सरक आया।

"इसीलिए आने की जिद कर रहे थे?" सुषमा का स्वर टूट गया।

"हाँ-हाँ-हाँ...मैं बहुत बुरा हूँ, बहुत खराब! कुछ भी समझिए, पर मुझे दूर मत रखिए।"

सुषमा ने धीरे-से कहा, "टैक्सी ड्राइवर क्या सोचेगा?"

"ही कैन गो टू हैल! मुझे उसकी परवा नहीं है। आप नहीं जानतीं मैं कितना हठीला और जिद्दी हूँ। जो कुछ चाहता हूँ, चीख-पुकार, शोर मचाकर पा ही जाता हूँ।"

"मैं न चाहूँ, तब भी?"

"आप क्यों अपने को भुलावे में डालती हैं? मैं जानता हूँ कि आप चाहती हैं। अगर नहीं चाहती हैं तो क्यों मेरी ज्यादतियाँ बरदाश्त करती जाती हैं? माना कि आप बहुत करुणामयी हैं। मैं तो

इतना स्वार्थी हो गया हूँ कि प्यार नहीं तो करुणा ही सही, जो भी मिले! बताइए, क्यों मुझे दुत्कारती रहती हैं?''

''छोड़िए तो मुझे!'' सुषमा ने हठ किया।

''नहीं छोड़ूँगा, जब तक मेरी बात का जवाब नहीं देंगी।''

''यह सब ठीक नहीं, मेरा मन स्वीकार नहीं करता,'' सुषमा ने बहुत धीरे-से कहा और नील के पाश से मुक्त हो वह कुछ दूर खिसक गई।

नील का आधा चेहरा अन्धकार में था। जब टैक्सी किसी लैम्प पोस्ट के नीचे से गुजरती तो उसकी आँखों में प्रकाश प्रतिबिम्बित होने लगता। सुषमा जैसे अथाह सागर में डूबने लगी थी। उसकी साँसें टूट-टूट जातीं। उसकी काँपती उँगलियाँ अपनी साड़ी के मुड़े किनारे को ठीक कर रही थीं। कभी ठंडी हवा आ जाती और उसकी खुली बाँहों पर रोएँ उठ जाते।

टैक्सी के कॉलेज पहुँचने तक दोनों इसी तरह बैठे रहे। सुषमा के आने का चौकीदार को पता था; उसने घर साफ कर दिया था। उसकी बीवी खाना भी बनाकर रख गई थी। भौंरी अगले दिन आनेवाली थी। चौकीदार ने सामान उतारा, तब तक सुषमा ने अन्दर जाकर बाकी बन्द दरवाजे खोले। चौकीदार के सामान लाने पर उसने टैक्सी के लिए रुपए दिए तो उसने कहा, ''पैसे तो साहब ने दे दिए हैं।'' और वह खिड़कियाँ खोलने लगा।

चारों ओर अभी सन्नाटा था। होस्टल में अभी कोई लड़की नहीं आई थी। चौकीदार ने सुषमा का बिस्तर लगाकर कहा, ''अब मैं जाऊँ, कोई काम तो नहीं है?''

''हाँ, तुम जाओ, शिवसिंह।''

चौकीदार नील को सलाम कर चला गया। सुषमा ने पूछा, ''खाना खा लिया या नहीं?''

''नहीं, ट्रेन आती तो साढ़े नौ पर थी, पर मैं साढ़े आठ पर ही वहाँ पहुँच गया था।''

"अच्छा तो रुकिएगा, मैं अभी कुछ देर में आई, खाना खाकर ही जाइएगा।"

सुषमा अलमारी से कपड़े निकालकर नहाने चली गई। नील सोफे पर बैठा रहा। साबुन से झाग रगड़ती हुई वह कुछ विचित्र उलझन में फँसी रही।

नील को बिल्कुल ही निकाल देने का साहस उसमें नहीं था। परिचित उसके और भी थे, पर नील कुछ ढिठाई के बावजूद मन का प्रिय बन चुका था। साथ ही नील की उमड़ती नदी की तरह की भावनाओं का सामना करने का बल भी उसमें नहीं था।

कपड़े पहन और बाल सँवारकर वह कमरे में आई।

"मैं खाना लगाने जा रही हूँ," उसने नील से कहा।

अन्दर के बरामदे में खाने की मेज लगी हुई थी। प्लेटें और चम्मच साफ धुले रखे थे। सुषमा ने धुला मेजपोश बिछाया, बर्तन लगा दिए और फिर नील को बुलाया। बरामदे के आगे चारों ओर से घिरा आँगन था। वहीं सुषमा की चारपाई बिछी हुई थी। शरद् पूर्णिमा को दो दिन बाकी थे और चारों ओर उज्ज्वल चाँदनी बरस रही थी। नील की दृष्टि चारों ओर घूमकर फिर सुषमा पर टिक गई। वह सफेद साड़ी और गहरी नीली खादी का ब्लाउज पहने थी। गले में लम्बी-सी चेन। उसके चेहरे पर कोई प्रसाधन न था; माथे पर बिन्दी तक नहीं। उसका थका-सा चेहरा बड़ा कोमल और अनछुआ-सा लग रहा था।

"खाइए न!" सुषमा ने चुप बैठे नील से कहा और खाद्य-पदार्थों से भरी प्लेटें उसकी ओर खिसका दीं। उससे स्वयं कुछ खाया न जा रहा था। उसे अपने दिल की धड़कन कनपटियों पर चोटें करती प्रतीत हुई।

खुले बरामदे में रह-रहकर ठंडी हवा के झोंके आ रहे थे। सुषमा ने आँचल अच्छी तरह लपेट लिया। सामने बैठे नील की उपस्थिति से अटपटा लग रहा था। खाना खाकर सुषमा एक तश्तरी में सौंफ और इलायची ले आई। पिताजी को पता नहीं पान मिला भी होगा या नहीं,

यह सोचकर वह उदास-सी हो गई। उन स्नेही परिजनों से विलग हो वह अपने को बे-सहारा पाने लगी। पुराना-सा मकान, मैली दीवारें, घिरा आँगन, पर वहीं उसका घर था, वहीं उसके आत्मीय। अपनी वह कॉटेज उसे कारागार-सी प्रतीत होने लगी, जहाँ सुख-सुविधा के बावजूद, सहज स्नेह की उष्णता न थी।

"अब मैं जाऊँ?" नील ने पूछा। वह नील के शब्दों से चौंक गई। इस लघु पल में वह नील को भूल गई थी।

नील जाए, इसके खयाल से ही उसे लगा कि वह अचानक ही बहुत अकेली हो गई है। बड़े-बड़े दैत्यों-सी दो इमारतें उसे निगलने को आतुर हैं। कल होस्टल के कमरे खुलेंगे, प्रकाश होगा, हँसी और संगीत गूँजेगा, पर इस समय वहाँ कब्रिस्तान का-सा सन्नाटा था।

"जाऊँ?" नील ने फिर पूछा।

"क्यों बार-बार पूछ रहे हैं? जाना तो है ही।" सुषमा ने हल्के से कहा।

खाने की मेज पर रखे चम्मच से प्लेट को खनखनाते हुए नील ने कहा, "ऐसा जरूरी भी नहीं है।"

"क्या?" सुषमा ने अचकचाकर पूछा, पर पहले की तरह इस कल्पनामात्र से उसका शरीर झनझना उठा। चाँदनी में भीगते बिस्तर की ओर से चौंकी दृष्टि हटाकर उसने नील को देखा।

नील उसकी ओर स्थिर, धीर नेत्रों से देखता रहा।

"तो?" उसने पूछा।

"कैसी बातें करते हैं?" सुषमा ने नील की ओर से पीठ फेरकर अलमारी बन्द करते हुए पूछा। नील उसके पास आ गया और पीछे से उसके कन्धे पकड़ता हुआ बोला, "सच?"

एक लघु पल में सुषमा के आगे अनेक चित्र बने और बिगड़ गए।

सुषमा को लगा कि उसे अलमारी के आगे खड़े-खड़े एक युग बीत गया है। अब तक पढ़ी अनेक किताबों के पृष्ठ उसके आगे फड़फड़ा उठे, शब्द बोलने लगे। पर यह जीवन का स्पन्दित क्षण था, अतीत और

भविष्य के बीच का सेतु, उसे अपना शरीर फूल-सा हल्का लगने लगा और उस पर मधुर अलसता-सी छाने लगी। साथ ही उसमें भयमिश्रित उत्कंठा भी जाग गई थी।

"बताइए," नील ने उसे हिलाया।

अलमारी बन्द कर सुषमा मुड़ी और पीठ लगाकर खड़ी हो गई। उसकी लम्बी पलकें आँखों पर छलक आईं और काँपते होंठों के कोनों में विश्वभर की लाज सिमट आई।

दस

"तुम, अभी तैयार नहीं हुईं?" नील ने कमरे में प्रविष्ट होते ही पूछा। सुषमा नील की अधीरता पर मुस्कराई। उस मुस्कान में थोड़ा दुलार और बहुत अपनापन था। "अभी तैयार हुई जा रही हूँ। तुम्हें तो हर काम की जल्दी पड़ी रहती है।" उसने ढलका हुआ आँचल सँभाला और उठकर खड़ी हो गई।

उसने ढीले हो आए जूड़े को खोलने के लिए हाथ उठाए कि नील ने दोनों हथेलियों से उसकी कमर घेर ली।

"अब देर कौन कर रहा है?" सुषमा का उष्ण स्वर नन्ही-नन्ही हिलोरों की तरह नील को अभिभूत कर गया। सुषमा की बाँहों ने उसके

कन्धे घेर लिए और उसके बाल खुलकर पीठ पर बिखर गए।

"चाय लगाऊँ बीबीजी?" भौंरी ने अन्दर से पुकारा।

सुषमा ने अलग होते हुए कहा, "यहीं ले आना।"

पीला परदा हटाकर सुषमा शयनकक्ष में जाते-जाते कह गई, "अभी आ रही हूँ।"

अलमारी खोलकर उसने तरतीबवार रखी साड़ियों में से एक निकालकर पलँग पर रख दी और जाकर मुँह धोने लगी। ठंडे पानी की पहली ही अंजुलि से उसके सारे शरीर में कँपकँपी-सी दौड़ गई। उसने तौलिए के मोटे रोयों में मुँह छिपा लिया। उसे लगा कि अभी नील से उसका परिचय बिल्कुल नया है और अनजाने, अनचीन्ही भावनाएँ, अनजान स्पर्श, दहलीज के उस पार उसकी प्रतीक्षा कर रहे हैं। उसका शरीर जैसे कसे हुए तारों के वाद्य की तरह था, उँगलियों की हल्की टकोर के लिए आकुल, अधीर।

उसकी शृंगार-मेज़ के दर्पण में नील का प्रतिबिम्ब पड़ा और उससे सीधे आँखें मिलते ही उसके चेहरे पर अचानक पकड़े जाने का रंग दौड़ गया।

नील के हाथ में चाय का प्याला था। वह आकर पलँग पर बैठ गया। वह चाय के छोटे-छोटे घूँट लेता हुआ सुषमा को मुग्ध-भाव से देखने लगा। सुषमा ने बाल चिकने कर, इकट्ठा करके मुट्ठी में भर लिए, उन्हें एक बल दिया और उसकी त्वरित गति से चलती उँगलियों ने गूँथकर जूड़ा तैयार कर लिया। वह बालों में काँटें खोंसने लगी।

"ऐसे क्या देखे जा रहे हो मुझे?"

"तुम इतनी सुन्दर जो हो," नील ने उत्तर दिया।

"अच्छा!"

"हूँ।"

सुषमा ने चेहरे पर हल्के-से पाउडर पफ फेरा और कहा, "तुम बाहर जाओ। मुझे तैयार होने दो।"

"मैं तो चुप बैठा हूँ।"

"मुझे कोई देखता रहता है तो मैं ठीक काम नहीं कर पाती।" सुषमा होंठों पर लिपस्टिक लगाने लगी। नील ने चाय का प्याला रख दिया और उसके पीछे जाकर खड़ा हो गया। उसने झुककर सुषमा के कन्धों पर हल्के से हाथ रखे।

"मुझे हिलाना मत, नहीं तो मेरी बिन्दी टेढ़ी हो जाएगी।"

"तुम्हारा शृंगार भी मेरे लिए बन्धन हो गया। यह न करो, वह न करो, नहीं तो बाल बिगड़ जाएँगे, लिपस्टिक फैल जाएगी, बिन्दी पुँछ जाएगी।"

नील की बात पर सुषमा ने मुस्कराकर कहा, "कहो तो मैं शृंगार करना छोड़ दूँ?" खड़े होते हुए सुषमा ने गीला तौलिया कुर्सी की पीठ पर फैला दिया।

"छोड़ दो, मुझे तो आराम ही रहेगा, कम-से-कम कमीज पर बिन्दी के दाग तो नहीं रह जाया करेंगे।"

"तुम बड़े दुष्ट होते जा रहे हो, नील!" सुषमा ने तिरछी दृष्टि से उसकी ओर देखा।

नील हँस दिया। तैयार होकर चलते-चलते भौंरी शाम की डाक से आई चिट्ठी सुषमा को पकड़ा गई। सुषमा ने लिफाफा खोल सरसरी निगाह से चिट्ठी पढ़ी, उसके चेहरे पर आ गया परिवर्तन, नील ने लक्ष्य किया। सुषमा ने चिट्ठी पर्स में रख ली और कहा, "चलो नील, मैं तैयार हूँ।"

नील का इरादा उसे क्लब ले जाने का था, पर उसने कनॉट प्लेस की ओर कार मोड़ दी और पूछा, "कोई अच्छी फिल्म चल रही है आजकल?"

"आज नहीं, फिर कभी।" सुषमा ने ऐसे कहा कि नील आग्रह न कर सका। वह सुषमा को अपने प्रिय रेस्तराँ में ले आया और सुषमा से पूछकर कॉफी के लिए ऑर्डर दे दिया। उसकी मेज एक ओर थी, भीड़ से अलग। चाइनीज लालटेन का प्रकाश मेज पर रखी चीजों और नील के निचले भाग पर पड़ रहा था। फिर भी सुषमा को नील की

पुतलियों में अपना प्रतिबिम्ब दीख रहा था। उसकी नारंगी रंग की साड़ी का बैंगनी जरी का बॉर्डर झिलमिला रहा था, और उसकी बाली में पड़ी बिजली हिल रही थी।

नील ने थोड़ा-सा उसकी ओर झुककर कहा, "आज क्या बात है, तुम अचानक ही उदास हो आई हो?"

सुषमा ने चौंककर उसे अँधेरे में देखा। फिर कहा, "नहीं तो।" और फिर कॉफी पीने लगी।

"मैं बहुत देर से देख रहा हूँ कि तुम अपलक दूर न जाने क्या देखे जा रही हो, मैं जैसे तुम्हारे पास हूँ ही नहीं।"

सुषमा ने हाथ बढ़ाकर मेज पर रखी नील की हथेली को ढक लिया और मुख ऊपर कर मुस्कराने लगी।

"मुझे बहलाने के तरीके बहुत सीखे हैं," नील ने कहा।

"तुम पास होते हो तो मुझे मौन भी बहुत अर्थपूर्ण लगने लगता है।"

उसने नील का कसाव-भरा चेहरा ढीला होते देखा। फिर नील ने बिना किसी शिकायत के कहा, "मुझे अक्सर लगता है सुषमा कि तुम्हारे जीवन को मैं पूरी तरह से नहीं ढक पाया हूँ। मैं तुम्हारे अस्तित्व की केवल परिधि ही छू सका हूँ।"

सुषमा की पलकें कुछ देर नीचे झुकी रहीं।

"और मैं?" उसने पूछा।

"यह मैं कभी न बता सकूँगा कि तुम मेरे लिए क्या बन गई हो।"

प्रकाश की छोटी-सी किरण सुषमा की पुतलियों में कौंधने लगी। उसका चेहरा बहुत कोमल, बहुत दिलकश लगने लगा। वह धीरे-धीरे नील के हाथ के नाखूनों पर उँगली फेरने लगी। फिर उसने अचानक हाथ खींच लिया और कहा, "नील, अब चलो, देर हो रही है।"

नील ने बिना कुछ कहे बैरे को बिल देने का इशारा किया। जब वह रुपए दे चुका, सुषमा ने अपना बटुआ उठाया और उठ खड़ी हुई।

नील ने कार स्टार्ट कर दी।

"चिट्ठी क्या घर से आई थी?" नील ने हल्के-से पूछा।

"हाँ, अम्माँ की थी।"

"कोई खास बात?"

"नहीं," सुषमा ने सोचा कि नील से कुछ कहे या नहीं, फिर मन में कुछ निश्चय-सा करती हुई बोली, "नीरू की शादी के लिए बहुत परेशान हैं।"

फिर अचानक सुषमा का मन आक्रोश से भर गया। कितनी खुश-खुश वह नील के साथ जाने को तैयार हुई थी। अम्माँ का पत्र उसके हृदय में टूटी हुई अनी की तरह चुभ रहा था। उसका सारा उत्साह बुझ गया और नील के पास रहने पर भी दिल रह-रहकर डूबने-सा लगा था।

"यह ऐसी बात तो नहीं कि तुम इतनी बुझ जाओ। तुम क्यों परेशान होती हो?"

"तुम नहीं समझोगे नील, पिताजी आरम्भ से ही बड़े ढीले-ढाले व्यक्ति रहे हैं। उनसे कुछ करते नहीं बनता। अम्माँ मुझ पर ही आश्रित रहती हैं।" फिर उसने लम्बी साँस ली। "खैर, जाने दो!"

वह नील के और पास सिमट आई।

नील कुछ देर चुप रहा; फिर बोला, "मुझे लगता है सुषमा कि तुम्हारा परिवार तुम्हारा अनड्यू एडवांटेज लेता है। तुम्हारे भाई-बहन, तुम्हारे माता-पिता की जिम्मेदारी है, तुम्हारी नहीं।"

सुषमा को एकाएक रोना आ गया। उसने पलकें कसकर भींच लीं।

उसके बाद कुछ देर नील चुप रहा और सुषमा बहुत कड़े प्रयत्न के बाद उस क्षण को लाँघ गई। उसने स्टियरिंग व्हील पर रखे नील के हाथ को अपने हाथ से ढँक लिया। नील की मुस्कान बहुत कोमल थी।

अनायास हटाई गई उदासी सुषमा के मन पर फिर छा गई। नील के स्पर्श से सुषमा की आँखों में फिर आँसू भर आए। वह गरदन मोड़ खिड़की से बाहर देखने का उपक्रम करने लगी। फिर उसने चुपके से आँखें पोंछ लीं।

ग्यारह

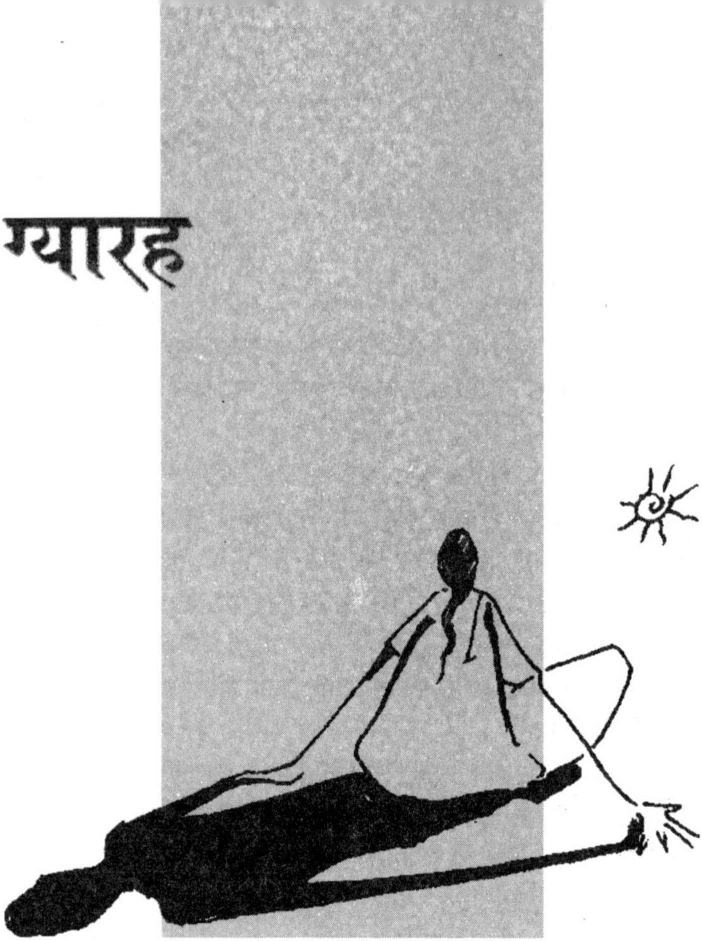

सुषमा सुबह देर से सोकर उठी। चाय पी, फिर वह अलसाई-सी बैठी रही। सुबह की धूप उसे बड़ी प्रिय लग रही थी। माली ने पाँत-की-पाँत गुलदाऊदी के गमले सजा दिए थे। सुषमा को उनके रंग बड़े भले लगे। उसका मन चाहा कि उनकी ओसभरी गोल पत्तियों को आँखों पर रख ले और अपने चारों ओर बिखरी सुवास में खोई बैठी रहे।

वह कुर्सी से सिर टिकाए बैठी रही, उसकी पलकें धीरे-से आँखों पर गिर गईं; बाँहों पर जहाँ धूप देर से पड़ रही थी, हल्की चुनचुनाहट-सी होने लगी। उसने बाँहों में उँगलियाँ फेरीं और उसका हाथ फिर

शिथिल-सा नीचे गिर गया।

अखबार के पन्ने रह-रहकर फड़फड़ा उठते। सुषमा को उस क्षण अपने जीवन, अपनी चीजों के प्रति बड़ा मोह उमड़ आया। उसकी पीठ पर धीरे-से एक हाथ आ टिका।

"अभी नींद पूरी नहीं हुई?" मुस्कराती मीनाक्षी ने पूछा।

"आओ मीनाक्षी!" सुषमा ने आँखें खोलकर उसे देखा, पर वैसे ही बैठी रही।

"कल तुम मिसेज पुरी के यहाँ डिनर पर नहीं आईं।" मीनाक्षी उसकी कुर्सी की बाँह पर बैठती हुई बोली।

"ओ..., मैं तो बिल्कुल भूल गई।" सुषमा ने अपराधी-जैसे स्वर में कहा।

"कैसे याद रहेगा! इतनी अधिक रुचिपूर्ण बातें जो मन उलझाए रहती हैं।" मीनाक्षी दुष्टतापूर्वक हँसी और उसकी प्रतिक्रिया देखने के लिए सुषमा को एकटक ताकने लगी।

"मीनाक्षी, सच, मुझे बिल्कुल याद नहीं रहा। तुमने भी कोई जिक्र नहीं किया।" सुषमा ने ढीले बालों में उँगलियाँ फेरते हुए शिकायत की।

"मैं तो जाने से पहले आई थी। भौंरी ने कहा कि बीबीजी नील भैयाजी के साथ घूमने गई हुई हैं। मैंने सोचा कि तुम सीधे उन्हीं के घर आ जाओगी। वहाँ सबके पूछने पर मैंने यही कहा कि तुम थोड़ी देर में आओगी। हम लोगों ने काफी इन्तजार भी किया।"

मीनाक्षी के मुँह पर कुछ ऐसा था कि सुषमा कुछ न कह सकी।

"वहाँ डिनर पर तुम्हारी ही बातें होती रहीं," मीनाक्षी ने हल्के-से बात उठाई।

सुषमा फिर भी चुप रही। उसके चेहरे से उसकी भावनाओं की कुछ थाह न पा मीनाक्षी ने आगे कहा, "मिस शास्त्री सबसे आगे बढ़-बढ़कर बोल रही थीं। सबने खूब रस लिया। तुम कब जाती हो, कब तुम्हारे यहाँ कौन आता है, किसने तुम्हें सिनेमा में देखा, किसने क्लब में–सबका सब वर्णन हुआ।"

"सबको और काम ही क्या है।" बुरा-सा मानकर सुषमा ने कहा। उसका चेहरा म्लान हो आया।

मीनाक्षी कुर्सी से उठ कुछ दूर खड़ी हो अखबार पर नजर दौड़ाने लगी। फिर उसने कहा, "सुषमा, तुम बुरा न मानना, मैं बहुत दिनों से तुमसे यही बात कहना चाह रही थी। होस्टल की लड़कियों में, स्टॉफ-रूम में, नौकरों में, हर जगह आजकल तुम्हारी ही चर्चा है।"

"मैं किसी की परवाह नहीं करती," सुषमा ने भिंचे कंठ से कहा। पनसुटी के लाल रंग के फूलों ने एक झोंका खाया और दो पीली तितलियाँ एक-दूसरे का पीछा करती हुई दूर उड़ गईं।

हमारा दायरा ही ऐसा है। कॉलेज की चहारदीवारी के अन्दर जो भी होता है उसमें सभी रुचि लेते हैं। तुम कब आईं, कब गईं, इसका लेखा सबके पास रहता है।" मीनाक्षी ने मृदु स्वर में सुषमा को समझाया। उसे अपना यह काम बिल्कुल भला नहीं लग रहा था, पर सुषमा के प्रति उसका स्नेह उसे यह कहने को बाध्य कर रहा था।

"मीनाक्षी, तुम मुझ पर विश्वास नहीं करतीं? क्या तुम मुझे स्वाति समझती हो?"

"मेरा प्रश्न यह नहीं है सुषमा, तुम अपना उत्तरदायित्व समझने की चेष्टा करो। तुम एक जिम्मेदारी के पद पर हो। तुम्हें अपनी छात्राओं के सम्मुख एक उदाहरण प्रस्तुत करना है।"

"तो?...मैं अपना काम ठीक करती हूँ, मुझसे किसी की शिकायत नहीं है, फिर मेरे व्यक्तिगत जीवन में किसी को दखल देने का क्या हक है? मैं वार्डन हूँ, इसका मतलब यह तो नहीं कि मैं हर समय गाम्भीर्य का नकली खोल चढ़ाए रहूँ।"

मीनाक्षी उदास हो आई, "सुषमा, तुम नौ साल से इस कॉलेज में हो। तुमसे कुछ छिपा नहीं, फिर भी तुम ऐसी बातें करती हो। यहाँ किसी का जीवन व्यक्तिगत नहीं, वह एक खुली पुस्तक है। फिर तुमसे तो वैसे ही लोग जलते हैं। प्रिंसिपल तुम्हें इतना मानती हैं, तुम्हें वार्डन बनाने के लिए उन्होंने ही तुम्हारा नाम भेजा..."

सुषमा की आँखों में सूनापन घिर आया। उसे देख मीनाक्षी कुंठित हो चुप रह गई। इधर कुछ दिनों से सुषमा में जो परिवर्तन देखा था, उस पर उसे विश्वास नहीं होता था। पहले अपने बंधनों में छटपटाती, अपने जीवन की एकरसता से उकताई सुषमा की आँखों में अब तारे बस गए थे। अपने नित्यप्रति के काम निबटाते हुए सुषमा के मुख पर आत्मविभोरता रहती थी। अपने में उसके हृदय में जैसे एक अलग झरना फूट पड़ा था, जिसके जल से वह सदा सिंचित रहती थी। स्टॉफ-रूम में भी अगर कभी वह आती तो कम बोलती, उसके होंठ किसी गुप्त हास्य से मुस्कराया करते।

सुषमा ने कभी मीनाक्षी से नील की बात नहीं की। पर मीनाक्षी इतनी अनजान न थी। वह जान गई थी कि सुषमा के इस परिवर्तन का कारण नील ही है।

दो-एक बार उसने सुषमा को खिजाने की चेष्टा की, पर सुषमा मुस्कराकर रह गई। इस समय मीनाक्षी को लगा कि उसने बड़ी क्रूरता की है। सुषमा की आँखें बुझ गईं और होंठों से मुस्कान खो गई। वह शून्य में न जाने क्या देखती रही। फिर उसकी पुतलियाँ आँसुओं में डूब गईं। उसने पलकें मींच लीं और असह्य पीड़ा का भाव उसके मुख पर दौड़ आया।

मीनाक्षी असहाय-सी उसे देखती रही। फिर उसने धीरे-से कहा, "सुषमा, आइ एम सॉरी। मैंने सोचा था कि तुम्हें जानना चाहिए कि लोग क्या कह रहे हैं।"

सुषमा ने उँगली से आँसू पोंछ डाले। उसने भर्राए गले से कहा, "तुमने ठीक ही किया मीनाक्षी! अपने प्रियजन जितने निर्दय हो सकते हैं, उतने दूसरे नहीं। पर तुमसे एक प्रार्थना है कि अब मुझसे कभी न कहना कि और लोग मेरे लिए क्या कह रहे हैं।"

मीनाक्षी समझ रही थी कि उसकी बातों से सुषमा कितनी आहत हुई है। सुषमा सोच उठी कि औरों की दृष्टि में यह कैसा लगता होगा! उन्हें लगता होगा कि सुषमा भी औरों-जैसी निकली। नील के

साथ घूमना, पिक्चर्स देखना, कुछ क्षण अच्छी तरह बिताने का साधन है। पर अनायास ही नील से जो नाता जुड़ गया, उसकी जड़ें कितनी शीघ्र, कितनी गहराई तक पहुँच गई थीं, इसका अनुमान सुषमा को स्वयं न था। नील उसे प्रिय था, उसने यह बात स्वीकार कर ली थी। वह कहानियों की उन शापग्रस्ता राजकुमारी की भाँति थी, जो नील के स्पर्श से जाग उठी थी। कभी-कभी नील के मुख पर भावों के उतार-चढ़ाव को देखकर उसे अपने पर आश्चर्य होता। क्या किसी और को इतना सुख देने, किसी के मुख पर इतनी कोमलता लाने की क्षमता उसमें है?

सुषमा ने आश्चर्य से अपने नए व्यक्तित्व का जन्म होते देखा। उसकी सब इन्द्रियाँ अधिक तीक्ष्ण, संवेदनशील हो गई थीं। किसी की प्रतीक्षा में गेट के पास मँडराती कोई लड़की, लेक्चर के दौरान किसी के मुख पर कहीं और भटक जाने का भाव, डाक में कोई मोटा-सा पत्र, इस सबके प्रति वह अधिक उदार हो गई थी। उसमें आया परिवर्तन सभी ने लक्ष्य किया था। लड़कियों को लगता कि उसके माथे की बिन्दी और भी चमकने लगी है, उसके होंठों में बड़ी कोमलता आ गई है। सुषमा उनकी प्रिय सदा से थी। अब उसके लेक्चर्स ऐसी निर्बाध गति से चलते कि घंटे की अनुगूँज से सभी चौंक उठते। उसकी उन्हीं पहलेवाली साड़ियों के रंग उसके चेहरे पर अब नई आभा ला देते थे। जिस शाम नील नहीं आता, सुषमा बाहर बरामदे में खड़ी, टीले के पीछे डूबते सूरज को देखती रहती। लॉन पर लड़कियों के झुंड बैठे रहते और उनकी हँसी सन्ध्या की घिरती उदासी को हल्का कर देती।

क्वार्टर्स में रहनेवाली अध्यापिकाएँ उलाहना देतीं, "सुषमा तो अब दिखाई ही नहीं देती। अगर कोई मिलने को आ जाती, तो सुषमा को बातें नहीं जुटतीं। साड़ियों के डिजाइन, नए धारावाहिक उपन्यास के अन्त के सम्बन्ध में अपनी धारणा और छिटपुट बातें करके वह चुप हो जाती और मन-ही-मन वह उकताने लगती कि कब ये उठकर जाए, जिससे वह फिर अपने उसी आन्तरिक संसार में प्रविष्ट हो सके।

मीनाक्षी ने किस बुरी तरह उसे झकझोरा था! सुषमा ने जाना कि उसके मुख में जैसे कड़वा-सा स्वाद बच गया है। वह समझ न सकी कि इन सब बातों के बोझ से आक्रान्त, अब वह नील से कैसे खुलकर मिल पाएगी! क्या ये छायाएँ उनके बीच न आ जाएँगी? सारे दिन सुषमा अनमनी-सी रही; खुलकर न रो पाने से उसके सिर में दर्द हो गया, वह स्टॉफ-रूम में जाने से बचती रही।

उस शाम नील के आने की बात न थी। वह क्लास समाप्त कर चार बजे मीनाक्षी के साथ बाजार चली गई। साड़ियों से मैच करते ब्लाउज के कपड़े खरीदते हुए अँधेरा हो गया, तब हाथों में तमाम पैकेट लिये हुए वे लोग चाय पीने उसी रेस्तराँ में जा बैठीं, जहाँ नील प्रायः सुषमा को लाया करता था।

चाय आ जाने पर प्याले में छानते हुए मीनाक्षी ने कहा, "तुम्हें आज बहुत अनमना पा रही हूँ। तुम अभी सुबह की बातों को ही तो नहीं सोच रही हो?"

"थक गई हूँ," सुषमा ने उत्तर दिया। उसके मुख पर गहरी क्लान्ति की छाप थी। नेत्र रह-रहकर भर आते और वह उन आँसुओं को पीछे ठेल देती।

मीनाक्षी भी चुप हो गई। रेस्तराँ का दरवाजा रह-रहकर खुल रहा था, अन्दर आर्केस्ट्रा के साथ प्यालों की खनक का रव था और घुटी हुई जगह में धुआँ मँडरा रहा था। हल्का-हल्का वार्तालाप और सभी चेहरे एक-से ऊबे, उकताए हुए।

सुषमा पहले लाल कार्पेट को देखती रही, फिर दीवार पर लगे, छोटे गमलों में हरे फर्न को; फिर उसकी आँखें खुलते हुए दरवाजे पर गईं तो उसने दो प्रौढ़ पुरुषों के साथ नील को आते पाया। सुषमा के होंठ थोड़ा-सा खिलकर रह गए, उसकी अचंचल दृष्टि वहीं रुक गई। नील ने उसे नहीं देखा, वे तीनों एक ओर जाकर बैठ गए। सुषमा ने पाया कि यदि वह कुर्सी थोड़ी-सी खिसका ले तो वह नील को देख सकती है। मीनाक्षी खाने में व्यस्त थी। सुषमा ने कुर्सी

खिसकाई तो उसने चौंककर देखा। "धुआँ आ रहा है," सुषमा ने कहा और कुछ तिरछी हो नील को देखने लगी। दूर से बैठकर नील को देखते हुए सुषमा की वेदना शतगुनी हो गई। 'कोई न समझेगा नील, कि तुम मेरे लिए क्या बन गए हो,' सुषमा ने मन-ही-मन उसे सम्बोधित किया।

नील गहरे सलेटी रंग का सूट पहने था, सफेद कमीज और मैरून टाई। नील के हँसते चेहरे ने सुषमा के हृदय को सहस्रों शरों से बींध दिया।

नील ने अपने साथी की सिगरेट जलाई, फिर उसने तीली ऐश-ट्रे में डाली और साथी की बात पर मुस्कराया। फिर उसने ऊपर देखा और अपनी ओर देखती सुषमा से उसकी दृष्टि मिल गई। उसने झुककर अपने साथी से कुछ कहा और उठकर उनकी मेज पर आ गया। मीनाक्षी ने उसे देखते ही पहचान लिया और सुषमा ने बड़े सहज स्वर में कहा, "मीनू, यह नील है...आप मीनाक्षी, मेरी कोलीग और सखी।"

मीनाक्षी की नील से प्रथम भेंट थी। उसको नील को अच्छी तरह देखने की उत्सुकता भी थी और सुबह कहे गए शब्दों का संकोच भी। उस छोटी-सी नजर में उसने जो कुछ देख पाया, उसे अच्छा लगा। नील की सीधी बेझिझक आँखें, सुषमा के लिए छोटी-सी, विशिष्ट मुस्कान और उसके चेहरे का अचानक ही कोमल हो आना। मीनाक्षी को लगा कि सुषमा बहुत धनी है।

उस लघु संकोच को पार करके मीनाक्षी ने कहा, "आपके लिए कुछ मँगाऊँ—कॉफी या चाय?"

"जी नहीं, धन्यवाद," नील ने कहा, "मैं भी अपने ऑफिस के दो लोगों के साथ हूँ। लगता है कि आप लोगों ने काफी शॉपिंग की है।" वह खाली कुर्सी के पीछे हाथ टिकाकर खड़ा हो गया। फिर उसने मीनाक्षी से कहा, "आप वापस तो कॉलेज जाएँगी न? मैं पहुँचा दूँगा।"

"मुझे तो अपनी मौसी के पास जाना है, यहीं हनुमान रोड पर। हाँ, तुम चली जाना, देर भी हो गई है, तुम थकी भी हो।" मीनाक्षी ने तुरन्त

कहा। उसे अपनी इस सूझ पर थोड़ी-सी खुशी भी हुई। वह अपने सुबह कहे हुए शब्दों को धोना चाह रही थी।

चाय पी चुकने के बाद, अपने साथियों से विदा ले, नील सुषमा को पहुँचाने चला। चलने से पहले उसने रुककर पान की दुकान से सिगरेट की एक डिब्बी खरीदी। सुषमा उस समय चुप रही। हनुमान रोड पर मीनाक्षी को छोड़कर, दोनों ने जब अपने को अकेला पाया तो सुषमा ने पूछा, "तुम सिगरेट कब से पीने लगे?"

"कभी-कभी पी लेता हूँ। कोई बहुत विशेष अवसर हो तो।" फिर उसने घड़ी देखते हुए पूछा, "तुम्हें वापस जाने की जल्दी है क्या?"

उसकी दृष्टि ने सुषमा को बाँध लिया।

उसने बिना बात पूछा, "अगर जल्दी न हो तो...?"

"कहीं और चलेंगे।"

"कहाँ?"

"यह तुम मुझ पर छोड़ दो," नील ने उसे उसी बँधी दृष्टि से देखते हुए कहा।

नील दीवार से टेक लगाकर बैठ गया। सुषमा के ऊपर सुबह से अवसाद का जो भार था, उससे वह इस एकान्त में भी मुक्ति न पा सकी। अन्धकार के कारण बावड़ी का पानी बड़ा-सा काला धब्बा दिखाई दे रहा था—दूर-दूर तक घने नीम के पेड़ों की कतारें और उनके हिलने से जो दरारें बनतीं, उनमें से सड़क के खम्भों की रोशनी कौंध जाती। खुले में काफी ठंड थी और सुषमा ने पतली-सी शाल अपने चारों ओर कसकर लपेट ली। नील अपने हाथों में सिगरेट की डिब्बी को निरन्तर उलटे-पलटे जा रहा था।

नील मौन था। वह सुषमा की इस विचित्र मनःस्थिति को समझने का प्रयत्न कर रहा था। वह जान रहा था कि सुषमा कुछ कहना चाह रही है और वह शब्द उसके होंठों तक आ-आकर रुक जाता है।

हवा का एक तेज झोंका आया और पेड़ों में सरसराहट हुई, नीम की टहनियाँ झुकीं और सुषमा ने एकाएक कहा, "नील..."

नील ने गरदन मोड़, अपने से एक बालिश्त दूर बैठी सुषमा को देखा।

"नील, अब तुम मुझसे न मिला करो।" सुषमा ने साहस बटोरकर कह डाला।

नील चौंक गया।

उसे इस बात की बिल्कुल आशा न थी। वह कुछ देर यह देखता रहा कि क्या सुषमा ठीक कह रही है। वह अन्धकार में सुषमा का मुख स्पष्ट न देख सका, पर सुषमा के स्वर के गीलेपन से वह विचलित हो उठा।

सुषमा को एकाएक अपने दुख का भार बहुत बड़ा, बहुत असहनीय लगने लगा। उसके अन्दर नील से सबकुछ कहने की अदमनीय इच्छा होने लगी।

नील उसे कैसी सुनसान, अँधेरी जगह ले आया था। सुषमा उस अन्धकार के प्रति कृतज्ञ थी, जिसमें उसका आँसुओं से गीला चेहरा नील को नहीं दिख रहा होगा। इस मूक क्रन्दन से कभी-कभी उसका शरीर बड़ी-सी सिसकी से काँप उठता। सुषमा अपने दुखावेग में बही जा रही थी। उसके गले में जो बड़ा-सा बगूला अटक रहा था, उससे उसे अपनी साँसें रुकती-सी लग रही थीं।

"सुषमा! तुम्हें क्या हो गया है? क्या बात है? मुझसे कहो, क्या मैं कोई और हूँ? तुमसे कोई दूसरा हूँ?" नील ने आग्रह किया। "मुझे कुछ नहीं बतातीं, और अन्दर-ही-अन्दर घुला करती हो।"

नील की जिस बाँह ने सुषमा को घेर लिया था, उससे उसे बड़ा सहारा-सा मिला। कितनी सबल थी वह बाँह! नील का भीगा-सा स्वर बस छत्र बन उसके ऊपर छा गया था। सुषमा ने सायास अपने को संयत किया, साड़ी के छोर से आँखें पोंछीं और थरथराते स्वर में प्रश्न किया, "तुमने कभी यह भी सोचा नील कि मैं तैंतीस साल के बाद

भी अछूती और बेदाग तुम्हारी बाँहों में कैसे आई?''

नीम के पेड़ों में फिर सरसराहट हुई। सुषमा का स्वर धीरे-धीरे दृढ़ होता आया, ''मेरे जीवन के कई ऐसे पहलू हैं, जिनके बारे में मैंने तुम्हें कुछ नहीं बताया, बताना नहीं चाहा, क्योंकि मैं नहीं चाहती थी कि वह काली छाया तुम्हें भी ढँक ले। पर नील, पिछले ग्यारह सालों से मैं जिन्दगी से निरन्तर लड़ रही हूँ।'' सुषमा ने एक आह भरी, फिर सामने शून्य की ओर ताकते हुए कहा, ''तुम्हें विस्तार में नहीं बताऊँगी, पर मैं यह तुम्हें जताना चाहती थी कि यह नौकरी मेरे लिए बहुत कीमती है। निर्धन मैं भले ही रही होऊँ, पर स्वाभिमानी भी बहुत रही। जीवन में कभी-कभी ऐसे अवसर भी आए, जबकि मैं अपने शरीर के मोल से धन और आराम पा सकती थी। पर वह मैंने स्वीकार नहीं किया। एम.ए. करने के बाद मैंने एक प्राइवेट कॉलेज में नौकरी की। वहाँ के सेक्रेटरी नगर के पुराने रईसों में थे। उन्होंने किस वस्तु का प्रलोभन नहीं दिया मुझे, पर मैंने वह नौकरी छोड़ दी।

''जब मैंने माँ को बताया कि मैंने नौकरी से इस्तीफा दे दिया है तो उन्होंने पूछा, 'और इन बच्चों का क्या होगा?' पिताजी साल-भर से बीमार थे और बिना वेतन के छुट्टी पर थे। मुझे उस नौकरी की सख्त आवश्यकता थी। पर वह मोल चुकाना मुझे सह्य न था।

''माँ ने मुझे सहारा नहीं दिया, ढाढस नहीं बँधाया। हर बार जब वह अपना कोई आभूषण बेचने को निकालतीं तो मुझे ऐसी दृष्टि से देखतीं जैसे उन सब मुसीबतों के लिए उत्तरदायी मैं थी। उन्हीं दिनों वह मुझसे एक धनी वकील से विवाह कर लेने का आग्रह भी करती रहीं, पर मैं पत्थर हो गई थी। तुम कभी-कभी सोचते होगे कि यह कैसी माँ हैं मेरी, पर जिन्दगी ने उन्हें चूस लिया है, निचोड़ लिया है। पति की दूसरी पत्नी होने पर भी उनके कोई अरमान पूरे न हुए। वह सारी खीझ और झुँझलाहट परिवार पर ही निकालती हैं। पति अशक्त, बेटी हठीली–

''नौ साल से मैं इस कॉलेज में हूँ नील, पर यहाँ लोग किसी को

जीने नहीं देते। इसीलिए मैं तुमसे कह रही थी कि मेरी जिन्दगी खत्म हो चुकी है। मैं केवल साधन हूँ। मेरी भावना का कोई स्थान नहीं। विवाह करके परिवार को निराधार छोड़ देना मेरे लिए सम्भव नहीं। मैंने अपने को ऐसी जिन्दगी के लिए ढाल लिया है। तुम चले जाओगे तो मैं फिर अपने को उन्हीं प्राचीरों में बन्दी कर लूँगी।"

सुषमा ने शाल कसकर लपेट ली। जिस दीवार से वह टिककर बैठी थी, उसकी ठंडक उसकी हड्डियों तक को छेदने लगी। नील की बाँह जहाँ उसे छू रही थी, वहाँ कुछ गरमाई थी और सुषमा को वह स्पर्श बहुत प्रतीकात्मक लग उठा। उसने सोचा कि इस क्रूर, कठोर, अन्धकारमय दुनिया में वह नील से ही कुछ सांत्वना पा सकती है। नील के स्पर्श में स्निग्धता है, उष्णता और आत्मीयता।

नील ने दियासलाई जलाई और हाथ ऊँचा कर उसे देखने लगा।

सुषमा की आर्द्र पुतलियाँ, उसके चेहरे पर क्लान्ति और अवसाद की छाप, ढीले हो आए बाल; नील ने तीली चबूतरे पर गिरा दी, वहाँ लौ एक बार छटपटाई और फिर बुझ गई। सुषमा इतना रो लेने के बाद हल्की हो गई थी, रोती-रोती!

उस अन्धकार में सुषमा के चेहरे पर कौन-से रंग दौड़े, यह नील ने न जाना।

एक लम्बे अन्तराल के बाद सुषमा ने भेद-भरे स्वर में कहा, "दियासलाई जलाओ, नील!"

"क्यों?"

"अपने बाल सँवारूँगी।" सुषमा ने पाउडर-केस खोलकर घुटनों पर टिका लिया और पर्स में उँगलियाँ डालकर कंघा खोजने लगी। नील ने दियासलाई जलाकर उजाला किया और उस काँपती लौ के प्रकाश में सुषमा अपने बाल सँवारने लगी। नील एक के बाद एक दियासलाई जलाता रहा और उसे मुग्ध दृष्टि से देखता हुआ बोला, "अब साथ में टार्च रखा करूँगा।"

सुषमा मुस्कराई, गीली-मीठी मुस्कान।

"अब मुझे वापस ले चलोगे या कॉलेज से निकलवाने का इरादा है?" उसने पूछा।

मीनाक्षी उसके कमरे में बैठी थी। सुषमा उसे देख सकुचा गई। मीनाक्षी ने हाथ की पत्रिका बन्द करते हुए पूछा, "रास्ता बड़ा लम्बा हो गया है। इतनी देर लगती है? कहाँ भटक गई थीं?"

सुषमा लाल हो आई। उसने पूछा, "मौसी से भेंट हुई?"

"हुई। फिर भी तुमसे पहले आ गई। अच्छा, मेरा सामान कहाँ है?"

"अरे..." सुषमा को याद आया।

"कार में रह गया? सुषमा, यू आर होपलेस। तन-बदन की सुध नहीं रहती तुम्हें।"

सुषमा ने जल्दी से आँचल ठीक किया और कहा, "कल आ जाएगा। मैंने सोचा कि चौकीदार ने उतार लिया होगा।" वह कपड़े बदले बिना ही लेट गई और कम्बल खींचकर अपने ऊपर डाल लिया।

भौंरी ने आकर पूछा, "कपड़े अभी नहीं बदले? खाना कितनी देर में होगा?"

"मीनाक्षी, तुम कुछ देर ठहर सकोगी न? अभी खाने की बिल्कुल भूख नहीं है।" सुषमा ने बाँह मोड़कर सिर के नीचे रखते हुए पूछा।

"चलो गनीमत है। मुझे आज रात खाने पर बुलाया था यह याद रहा, नहीं तो मुझे उपवास ही करना पड़ता।" मीनाक्षी का यों खिजाना इस समय सुषमा को भला-सा लगा। कुछ देर बाद वह उठकर कपड़े बदलने चली गई। उसने ढेर-सा टैलकम पाउडर अपने ऊपर छिड़क लिया और धुले हुए कपड़े पहनते हुए वह सुवास स्वयं उसे सुहानी लग उठी।

बारह

अगले दिन नील का नौकर मीनाक्षी के पैकेट दे गया। सुषमा को थोड़ी-सी निराशा हुई। उसने सोचा था कि नील शायद स्वयं आ जाए। दोपहर में नील ने सुषमा को फोन किया। फोन पर उसकी आवाज बहुत बदल जाती थी और सुषमा को लगता था जैसे वह किसी नए पुरुष से प्यार की बातें कर रही है। नील ने बताया कि वह फर्म के काम से बम्बई जा रहा है, वहाँ कितने दिन लग जाएँ, निश्चय नहीं था। उस वार्तालाप के बीच में मिस शास्त्री के आ जाने से सुषमा कह भी न सकी। उसके रिसीवर रखते ही मिस शास्त्री बोल उठीं—"अब मुझे होस्टल छोड़कर कहीं और ठिकाना ढूँढ़ना पड़ेगा। तुम्हें तो देखने-भालने

का टाइम नहीं रहता। लड़कियाँ इतनी शरारती होती जा रही हैं कि कुछ हद नहीं।''

सुषमा ने बड़े धैर्य से पूछा, ''मुझे बताइए तो कि क्या हुआ?''

''कल रात किचन से बैरा जयसिंह टिफिन-कैरियर में खाना भरकर मेरे लिए रख गया था। मैं जब घूमकर बाहर से लौटी तो मैंने पाया कि उसमें मेंढक भरे हुए थे।''

''मेंढक?'' सुषमा ने अविश्वास से पूछा, ''इन जाड़ों में मेंढक मिले कहाँ होंगे?''

''जी हाँ, दो बड़े-बड़े मेंढक...बाहर अँधेरे में लड़कियों का झुंड खड़ा हुआ था। सब हँसने लगीं। मैंने जाकर उनकी खूब खबर ली।''

''कौन लड़कियाँ थीं?'' सुषमा ने पूछा।

''सब भाग खड़ी हुईं। और कौन हो सकता है, मोहिन्दर और सरिता रही होंगी।'' मिस शास्त्री बहुत क्रोधित थीं।

''आपने सुबह बुलाकर उन्हें डाँटा नहीं?''

''यह जिम्मेदारी तुम्हारी है, मैंने तो तुम्हें रिपोर्ट कर दी है।''

''मैं उन्हें बुलाकर पूछूँगी। ऐसा मजाक उन्हें नहीं करना चाहिए। आप चिन्ता न कीजिए।''

''चिन्ता कैसे न करूँ? मुझे तो वहीं, उन सबके बीच रहना होता है, तुम्हारी तरह मेरे पास अलग बँगला तो है नहीं कि जो चाहूँ, करूँ। न तुम्हारे पास उनका गुलगुपाड़ा आता है, न उनकी शरारतें। मैं कल रात भूखी रही, मेरे बिस्कुट वगैरा सब खा गई थीं। मैं तो उसी वक्त यहाँ आई, पर तुम्हारा कहीं पता न था। मीनाक्षी अकेली बैठी थी।''

सुषमा ने खट-से घंटी बजाई और चपरासी के आने पर कहा, ''सीनियर प्रीफेक्ट को मेरे पास भेजना।''

मिस शास्त्री गुस्से में भरी बैठी रहीं। कुछ देर में चपरासी ने आकर बताया कि सुनन्दा क्लास में है।

''मैं तो कहती हूँ कि जो काम अपने से न सँभले, इंसान दूसरे को करने दे। तुम्हारा मन नहीं लगता है तो इस्तीफा दे दो। कॉलेज की

अड़तालीस अध्यापिकाओं में क्या कोई वार्डन बनने को राजी न होगी।''

''यह सब शरारत मोहिन्दर की है। बहुत बढ़ने लगी है। ज़रा भी शरम या लिहाज नहीं है। पता है कि टीचर्स के कमरे पास ही हैं फिर भी शाम को चीख-चीखकर कहती रहती हैं कि बॉयफ्रेंड के पास जा रही हूँ। पता नहीं यह दुनिया जा किधर रही है। अपनी बुद्धि और विवेक को छोड़ सभी सिर्फ एक चीज के पीछे भागे जा रहे हैं। क्या बड़े, क्या छोटे!''

सुषमा के गाल तमतमा आए। उसे मालूम था कि मिस शास्त्री दोहरी चोट कर रही हैं। पर उसका वह क्रोध क्षणिक था। मिस शास्त्री के धँसे हुए गाल, आँखों के कोनों पर मकड़ी के जालों-सी झुर्रियाँ उसकी आँखों में चुभ उठीं। उस जीवन का खोखलापन उसने बहुत गहराई से अनुभव किया।

''जाने दीजिए मिस शास्त्री, आखिर यही तो उम्र होती है।'' उसने बात टालने का प्रयत्न किया।

''उम्र तो खैर सभी की होती है। हम भी हमेशा से ऐसे न थे। पर ऐसा पागलपन हम पर कभी सवार नहीं हुआ।''

तप्त धरती की तरह मिस शास्त्री, जिनकी निराशाओं ने उनका जीवन के प्रति पूरा दृष्टिकोण विकृत कर दिया। जिस वस्तु के लिए वह तृषित रहीं, शायद उसे हेय तथा निकृष्ट समझ उन्होंने इधर से अब मुँह मोड़ लिया था। वह समस्त संचित स्नेह उन्होंने अपनी बिल्ली पर उँडेल दिया था, जिससे यह झलक जाता था कि मिस शास्त्री में भी कुछ संवेदनाएँ शेष हैं।

'क्या दस वर्ष बाद मैं भी ऐसी हो जाऊँगी?' सुषमा ने उन द्वेषपूर्ण आँखों को देखते हुए सोचा। मिस शास्त्री उसे उस तुषार की तरह लगीं जो अपरिपक्व फलों तथा अर्धविकसित कलियों को कठोरता से रौंद जाता है।

''आप तो साहित्य पढ़ाती हैं—कालिदास और भवभूति आदि। आपको तो रस-मर्मज्ञ होना चाहिए।''

"इसके अनुसार तुम्हें तो बड़ा नीरस होना चाहिए—इतिहास जो पढ़ाती हो। पर रसिक तुम कम नहीं हो।"

सुषमा कुछ मुस्कराकर उनकी बात टाल गई। उसे लगा कि क्षण-भर पहले जन्मी हुई करुणा की पात्र मिस शास्त्री नहीं हैं—जो जानबूझकर अपने चारों ओर दीवारें खड़ी कर ले और झिंझरी से बाहर के संसार को तीरों से बींधता रहे, उसे कोई क्या कहे?

शाम को सुनन्दा सुषमा के पास आई। सुषमा ने उससे पूछा तो उसने मिस शास्त्री की बड़ी शिकायत की कि वह लड़कियों की चिट्ठियाँ पढ़ लेती हैं—वक्त-बेवक्त निकलकर डाँटने लगती हैं और मेट्रन को उलटी-सीधी सलाह देती रहती हैं। अध्यापिकाओं के बारे में लड़कियों को भड़काया करती हैं।

"तुमने पहले मुझसे क्यों नहीं कहा? अगर तुम लोगों को कोई तकलीफ है तो मुझसे कहना चाहिए था। उन्हें इस प्रकार तंग करना तो उचित न था।" फिर सुषमा ने पूछा कि खाना निकालकर मेंढक किसने रखे?

सुनन्दा बहुत शिष्ट और शालीन थी। उसने कुछ झिझककर कहा, "यह तो मुझे पता नहीं मिस शर्मा, मगर कल रात सरिता के कमरे में काफी देर तक हँसी और शोर होता रहा। मैंने दो बार जाकर उन्हें मना भी किया था।"

सुषमा ने सरिता को बुलवाया। उसे इस बुलावे का कुछ संकेत मिल गया था। वह किसी और के कमरे में जाकर बैठी हुई थी। उसके कमरे में ताला बन्द था।

सुषमा बिना बात भौंरी पर खीझ उठी। उसे न जाने कितना अकेला लग रहा था। नई आई पत्रिका उठाकर पढ़नी चाही, कुछ देर रेडियो सुनने की कोशिश की, फिर कॉलेज-कम्पाउंड में ही रहती मिसेज धर के पास चली गई और उनके दो साल के लड़के से बातें करती रही और फिर रसोई की दहलीज पर खड़ी हो, अन्दर कॉफी बनाती मिसेज धर को देखती रही।

"आज कहीं बाहर नहीं गईं?" मिसेज धर ने पूछा।

"सुबह से मिस शास्त्री ने ऐसा सिर चाटा है कि मूड खराब हो गया।" सुषमा ने उनके हाथों से ट्रे ले ली और ले जाकर मेज पर रख दी। मिसेज धर अलमारी से बिस्कुट निकालकर ले आईं।

"आंटी, टॉफी?" सौम्य ने प्रश्न किया।

"अरे, सौम्य को बहुत दिन से टॉफी लाकर नहीं दी, इसीलिए तकाजा कर रहा है। कल लाकर दूँगी।" सुषमा झेंपी हँसी हँसकर बोली।

मीरा धर ने मुस्कराकर पुत्र से कहा, "तुम्हारी आंटी को यहाँ आने की फुरसत ही कहाँ रहती है, कितने महीनों में आई हैं!"

"क्या बताऊँ मीरा दी, समय नहीं मिलता!"

"सो सारी खबरें मैं सुनती रहती हूँ।" मीरा ने मुस्कराकर चुटकी ली, फिर उसकी ओर नमकीन काजू की प्लेट सरकाती हुई बोलीं, "सुषमा, मुझे भी एक दिन अपने उस मित्र से मिलाओ। मैंने उनकी बहुत तारीफ सुनी है।"

"मीरा दी, आप भी ऐसी बातें करने लगीं!" सुषमा ने शिकायत-भरे स्वर में कहा।

"गलत बात है क्या? क्या वह तुम्हारे मित्र नहीं हैं? या तुम भी औरों की तरह उन्हें भाई या कोई रिश्तेदार बताती हो?" मीरा धर ने पूछा।

"मुझमें अभी इतना साहस बचा है मीरा दी कि अगर मेरा कोई मित्र होगा तो उसे भाई या सम्बन्धी की ओट में नहीं छिपाऊँगी, वैसे मेरी और मिस्टर कश्यप, दोनों की आंट्स बहुत गहरी मित्र हैं।"

"ओ...!"

मिस्टर कश्यप! मैं कायर हूँ, मुझमें साहस नहीं है, क्यों नहीं मैं मीरा दी के सामने उस नाम का उच्चारण करती? क्यों नहीं कह देती कि आई लव हिम—वह बम्बई चला गया है तो मेरा एक-एक पल कटना दूभर हो गया है। नील मेरी जिन्दगी में अचानक फूट पड़ी प्रकाश की

किरण है, जिसकी स्निग्ध गरमाई मेरे अंग-अंग में बसी हुई है।

सुषमा सौम्य के मुलायम गाल रह-रहकर छूती रही और मीरा से कॉलेज की बातें करती रही। मीरा को अचानक याद आ गया, "हाँ सुषमा, आज ही कलकत्ता से मेरी भाभी की चिट्ठी आई है। स्वाति सेन की शादी हो गई है।"

"अरे, कहाँ?" सुषमा ने चौंककर पूछा।

"वहीं, कलकत्ता में। उसका वर काफी आयु का है, पर बहुत अच्छी पोस्ट पर है।"

सुषमा इस सूचना को मन में उलटने-पलटने लगी।

"और उसका बेबी?" जैसे वह अपने-आपसे बोली।

"कुछ करवा लिया होगा।" मीरा ने धीरे-से कहा। सुषमा ने निचला होंठ दाँतों से काटा। उसके आगे स्वाति की नीली पड़ी आकृति फिर घूम गई। जिन्दगी तो हमेशा छलती है, कभी-कभी मौत भी ठग लेती है।

"चन्दन-बिन्दु लगाकर वह वधू बनी होगी। मैं वैसे काफी उदार विचारों की हूँ, पर सीमा का अतिक्रमण मुझे भी अच्छा नहीं लगता।" मीरा धर ने सुषमा के प्याले में कॉफी डालते हुए कहा।

सुषमा ने चाहा, कहे कि प्यार में सीमाएँ कैसे निर्धारित की जा सकती हैं? अपने को लक्ष्मण-रेखा में कैसे बाँधा जा सकता है!

"सब ऐसे ही चलता रहता है," सुषमा ने कहा, "स्वाति ने लाल साड़ी पहनकर, अग्नि के सम्मुख शपथ ली होगी। क्या उसे, उस अज्ञात शिशु का एक बार भी खयाल न आया होगा?"

"जिन्दगी हमें तरह-तरह से छलती है, मीरा दी!"

स्वाति को उस चेहरे ने न हांट किया होगा। जबकि न ढोल थे, न शहनाई, पर स्वाति ने उसे वरा था?

"मैं तुमसे एक बहुत व्यक्तिगत प्रश्न पूछना चाहती हूँ, सुषमा! आशा है तुम इसे अन्यथा न लोगी। तुमसे बड़ी होने के अधिकार का उपयोग कर रही हूँ।"

"पूछिए।" सुषमा की आँखों में आशंका उतर आई। मिसेज धर से उसे सहज स्नेह था, वह कॉलेज की किसी बात में नहीं पड़ती थीं, पर इस समय उनका प्रश्न बड़ा व्यक्तिगत होगा, सुषमा यह समझ रही थी।

"तुम शादी क्यों नहीं करतीं, सुषमा? तुम देखने में अच्छी हो, कुलीन परिवार से आई हो।" उन्होंने पूछा।

सुषमा मीरा दी के शान्त और सौम्य मुँह को देखती रही। उसकी जबान पर, वही वर्षों से तैयार उत्तर आया जिसे उसने इतनी बार कहा था कि उसे स्वयं विश्वास हो चला था। पर आन्तरिक सत्य से अभिभूत हो वह कुछ कह न सकी।

"मुझे मालूम है कि तुम्हें कुछ पारिवारिक कठिनाइयाँ हैं, पर तुम अपने जीवन का क्या कर रही हो, इसे तो देखो!"

"अच्छा मीरा दी, आप भी क्या यही मानती हैं कि विवाह होना ही चाहिए? मेरे पास तो सभी कुछ है, आर्थिक रूप से स्वतन्त्र हूँ, जो चाहूँ कर सकने में समर्थ हूँ।"

"तुम फिर कभी-कभी उकता क्यों उठती हो? मीनाक्षी क्यों एक बिजनेसमैन से शादी करने जा रही है जबकि उसने सदा ही एक इंटलेक्चुअल व्यक्ति की कामना की? दुर्गा क्यों हरेक को क्रिटिसाइज करती रहती है और उस बिल्ली को कलेजे से लगाए रहती है! ये सब उसी गहरे अभाव के सूचक हैं।"

"ऐसे तो मिसेज प्रसाद को देखिए—क्यों वह अपने पति को छोड़ बैठी हैं। स्टॉफ-रूम में उनकी बुराइयों के अलावा उन्हें कुछ और वार्तालाप का विषय नहीं है।" सुषमा ने कहा।

"मिसेज प्रसाद जीवन का मापदंड नहीं है। यह आवश्यक नहीं है कि तुम्हारे साथ भी ऐसा हो। मेरी शादी को तेरह साल हो गए हैं और तब भी जब तक शिशिर घर नहीं लौट आते, मैं जैसे प्राणहीन रहती हूँ, एक शून्य में साँसें लेती हुई। जब वह सामने का गेट खोलकर अन्दर आते हैं, तो कभी-कभी दिल ऐसे धड़कता है, जैसे मैंने उन्हें जाना ही न हो।"

मीरा के चेहरे पर सलज मुस्कान दौड़ गई।

ऐसा ही मुझे भी लगता है मीरा दी, सुषमा ने सोचा कि यदि वह कह उठे तो मीरा कितनी विस्मित होगी। वह अपनी उँगली में पड़ी अँगूठी घुमाती रही।

"यह मिस्टर कश्यप—उनकी अच्छी नौकरी है?" मीरा ने आगे पूछा।

"हाँ—शायद।" सुषमा उत्तर देने में झिझक रही थी।

"काफी मिलता होगा?" मीरा दी ने अपने अधिकार का पूरा उपयोग करते हुए पूछा।

"पता नहीं मीरा दी, मैंने पूछा नहीं।"

"तो तुम उनसे अपनी छोटी बहन की शादी क्यों नहीं करवा देतीं?"

"नीरू की?" सुषमा धक्-से रह गई।

"हाँ। तुम्हें इतना आश्चर्य क्यों हो रहा है, तुम्हारी बहन की आयु क्या होगी?"

"यही, उन्नीस-बीस।"

"तब तो ठीक ही होगा। कहनेवालों की जबान बन्द हो जाएगी और तुम्हारी एक जिम्मेदारी कम हो जाएगी।"

"नीरू की शादी मेरे वश में नहीं है, वह तो पिताजी अरेंज करेंगे। मैं बड़ों के बीच कैसे बोलूँ? और शायद मिस्टर कश्यप भी कुछ और चाहें।"

"जैसे कि छोटी बहन की अपेक्षा बड़ी बहन, जो पढ़ी-लिखी होने के साथ-साथ बड़ी दिलकश भी है।" मीरा ने हँसकर कहा।

"मैं तो उनसे बड़ी हूँ।" सुषमा की बात से कमरे में दो पल चुप्पी छा गई, फिर बाहर का गेट खुला और सुषमा ने सायास हँसकर कहा, "अब मैं चली, क्योंकि आपके प्राणदाता आ गए।"

तेरह

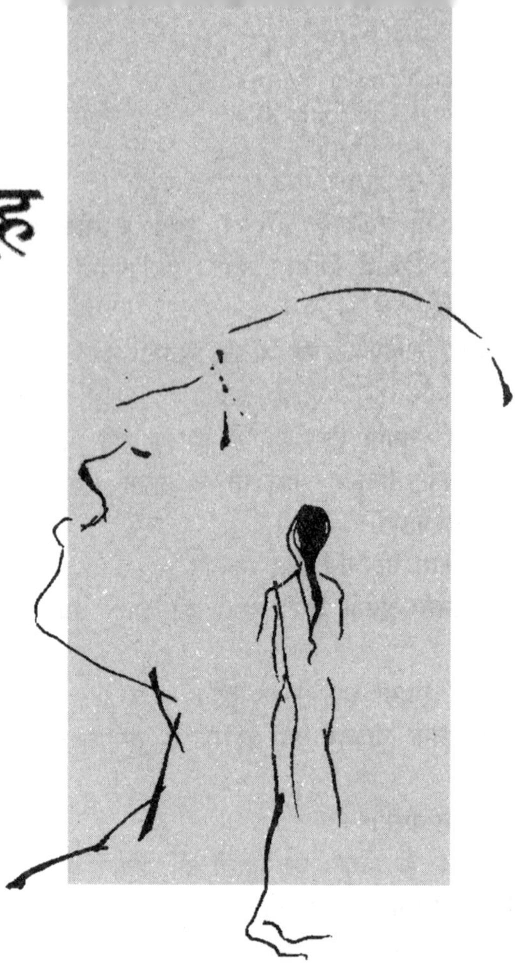

सरिता और मोहिन्दर को डाँटकर सुषमा का और भी बुरा हो गया। जिस तरह वह उन पर क्रोधित हुई थी, वह उनके लिए बड़ी नई-सी बात थी। सुषमा तो बड़े सीधे स्वभाव की जानी जाती थी। सुषमा ने एक हफ्ते तक उन्हें कॉलेज से बाहर न निकलने की सजा दी। रुआँसी सरिता और मोहिन्दर, मन-ही-मन मिस शास्त्री को कोसती चली गईं। उस दिन कोई छुट्टी थी और उन्होंने बाहर जाने का प्रोग्राम बना रखा था। सुषमा का भी पूरा दिन वैसे ही खराब हुआ। कई दिन से प्रतीक्षा थी कि शायद नील पत्र लिखे, पर उसे उसका कोई समाचार नहीं मिला। उसका कुछ करने या कहीं जाने का मन बिल्कुल न होता।

मीनाक्षी मैटिनी शो के टिकट ले आई थी, खीझकर बोली, "तुम तो संन्यास ले लो। दुनियादारी में बेकार फँसी हो। कभी कुछ मन ही नहीं होता। कहाँ हैं तुम्हारे नील! अगर लड़ाई हो गई है तो मुझे बता दो, जाकर उन्हें मना लाऊँ। तुम्हारे मुँह पर हँसी तो दीखे..."

सुषमा ने हल्की झिड़की से कहा, "बस करो मीनाक्षी! क्यों खामखाह नाराज हो रही हो? कह दिया मेरी तबीयत ठीक नहीं है।"

"अगर शारीरिक कष्ट हो तो उसका इलाज किया जाए। तुम्हारे रोग का तो पता ही नहीं चलता। दूसरों के साथ तो कूदकर चली जाती हो, मेरा साथ पसन्द न हो तो बता दो।"

उसके व्यंग्य से बचने के लिए सुषमा ने कहा, "अच्छा भाई, लो, मैं तैयार हुई जाती हूँ।"

मैटिनी पिक्चर के बाद बाहर ही लंच खा जब सुषमा वापस लौटी तो भौंरी ने कहा, "जैसे ही आप गईं, नील भइयाजी आए थे।"

सुषमा को जैसे किसी ने निराशा के गहरे गर्त में ढकेल दिया– "कुछ कह गए?"

"मुझसे पूछने लगे कि कहाँ गई हैं। मैंने कहा कि मैं जानूँ सलीमा गई हैं। तो पूछा कि कब आएँगी, मैंने कहा राम जाने, खाना खाने को तो मना कर गई हैं।"

सुषमा बिना कुछ और पूछे अपने कमरे में चली गई। उसे मीनाक्षी पर बड़ा क्रोध आ रहा था। उतना ही गुस्सा नील पर था कि हफ्तों तक खबर नहीं दी और आए तो पहले फोन भी न किया। मीनाक्षी उसके पीछे-पीछे आई, उसके पलँग पर बैठती हुई बोली, "सच सुषमा, मुझे अफसोस हो रहा है, मैं तुम्हें व्यर्थ ही घसीट ले गई।"

मीनाक्षी की उपस्थिति में सुषमा की चिड़चिड़ाहट और बढ़ी। वह तो अकेले छोड़ दिया जाना चाहती थी और मीनाक्षी का इरादा काफी देर जमने का था।

"तुम तो ऐसे कह रही हो जैसे वह मेरे प्रेमी हों और उनके पीछे मैं पागल हूँ।" उसने कुछ रुखाई से कहा।

"तब वह कौन हैं? भाई, चाचा, परिवार के मित्र?" मीनाक्षी को बुरा लग गया।

"मुझे दुनिया-भर का ब्यौरा देने की जरूरत नहीं है कि कौन मेरा क्या है?" सुषमा का स्वर तीखा-सा था।

"तुम मेरी गिनती भी दुनिया-भर में करती हो?" मीनाक्षी ने आहत होकर पूछा।

"मीनाक्षी, प्लीज, मेरा मन इस समय वाद-विवाद करने का बिल्कुल भी नहीं है।" और फिर मीनाक्षी का फीका पड़ा मुख देखकर सुषमा अपने-आप पानी-पानी हो गई। उसने मीनाक्षी के गले में बाँहें डालकर कहा, "मीनू, तुम बुरा मान गईं। मैं तो पागल हूँ।" इसी बीच भौंरी ने कमरे के दरवाजे पर खड़े होकर बड़े नाटकीय ढंग से घोषणा की "और नील भइयाजी कह गए हैं कि भौंरी, मैं खाना यहीं खाऊँगा। शाम को फिर आऊँगा।"

मीनाक्षी मुस्कराने लगी। सुषमा की दृष्टि घड़ी पर गई और उसने हड़बड़ाकर कहा, "तो इतनी देर से चुप क्यों थी? पहले क्यों नहीं बताया?"

"अब मैं चली," मीनाक्षी ने उठते हुए कहा।

"आज तुम भी खाना खा लो, मीनू!" सुषमा ने अनुरोध किया।

"नहीं भाई, मुझे अपनी जान प्यारी है। एक तो सुबह से तुम्हें लेकर गायब थी और इस समय भी मुझे यहाँ पाकर तो तुम्हारे नील मेरी हत्या ही कर देंगे।"

सुषमा की सारी थकावट जैसे धुल गई। उसने भौंरी से कहा, "मेरे नहाने के लिए पानी रख दो।"

भौंरी ने आश्चर्य से पूछा, "इस टेम?"

"हाँ, अभी नहाऊँगी।"

"बीमार हो गईं तो?"

"तुम्हें क्या, तुम पानी गरम कर दो!"

भौंरी रसोईघर में चली गई। सुषमा आकर ड्राइंग-रूम ठीक करने

लगी। खिड़कियों पर पड़े परदे खोल दिए और बाहर से तीखी हवा कमरे में भर गई। ड्रॉर से ऐश-ट्रे निकालकर मेज पर रखी। उसका पूरा शरीर खिंचे हुए तारों की तरह कसा-कसा-सा था, रह-रहकर वह बाहर देखने लगती। एकाएक उसे लगा कि बहुत देर हो गई है, कहीं नील आकर उसे ऐसी ही दशा में न पा ले। उसने ढीले बालों को लपेट लिया। अन्दर जाकर उसने भौंरी से गुसलखाने में पानी रखने को कहा, "और सुन, डिब्बे में कॉफी बची है या नहीं?"

"थोड़ी-सी तो होगी।" भौंरी ने उत्तर दिया।

सुषमा स्नान करने चली गई। बालटी की तली तक पानी अपने ऊपर डाल उसने शरीर पोंछा और टैलकम पाउडर लगाने को हाथ बढ़ाया। फिर वह कुछ सोचकर रुक गई। कपड़े पहनकर वह कमरे में गई, अलमारी में बड़ी सावधानी से संचित एक सेंट की शीशी निकालकर उसने कर्णफूलों, ग्रीवा, कलाइयों में सुगन्ध लगाई। दर्पण में उसका मुख बड़ा निखरा-निखरा लग रहा था। अपनी बाँहों की गोलाई पर वह स्वयं मुग्ध हो गई। दोनों बाँहें उठाकर वह घूम-फिरकर अपने-आपको देखती रही। बाल गूँथकर वह बाहर बरामदे में आकर खड़ी हो गई। बाहर सरदी काफी थी, तब भी कुछ लड़कियाँ अपने मिलने आनेवालों के साथ लॉन में बैठी थीं। विजिटर्स-रूम में तेज प्रकाश था। कुछ लोग कैंटीन में भी बैठे थे।

"गुड ईवनिंग।" सुषमा ने सरिता का स्वर पहचाना। वह उदास-सी अकेली टहल रही थी। और दिन होता तो सुषमा उससे कुछ बातें करती, पर आज तो सरिता की सभी सहेलियाँ, छुट्टी होने के कारण बाहर गई हुई थीं और अभी लौटी न थीं। केवल सरिता, दंडित, अकेली बच गई थी। उसने बड़ी-बड़ी उदास आँखों से सुषमा को देखा। फिर उसने गेट से घुसती नील की कार पहचान ली। उसकी आँखें शरारत से भर उठीं। वह तेजी से होस्टल की ओर चली गई। उसने कमरे में रखा स्टैंडर्ड लैम्प जला दिया और भौंरी से कॉफी बनाने को कहा।

"दूध तो है नहीं।" भौंरी बोली।

"दूध जाकर ले आओ।" कहकर सुषमा जब तक फिर बाहर के कमरे में आई, तमाम पैकटों से बाँहें भरे नील कमरे में आ चुका था। उसने सारे पार्सल कुरसी पर डाल दिए और सुषमा उसके पास सिमट आई। बहुत देर तक कोई कुछ नहीं बोला, फिर सुषमा ने उसके सीने में सिर गड़ाते हुए कहा, "कहाँ चले गए थे इतने दिन को?"

"तुम्हीं ने तो कहा था कि न आया करो।" नील ने चिढ़ाया।

सायास आँखें ऊपर उठाकर सुषमा ने कहा, "मेरी बात न सुना करो।"

"अब तो नहीं मना करोगी?"

"नहीं।"

नील ने उसे कुछ दूर कर उसकी आँखों को देखा, उसके गीले होंठ मुस्करा नहीं रहे थे, प्रतीक्षित थे।

"मुझे ऐसा लगता था कि मेरा कोई अंग कट गया है, कुछ अंश पीछे छूट गया है। आज सुबह आया, और सबसे पहले यहाँ आया, तुम्हारे न मिलने पर इतनी निराशा हुई कि सारा दिन खराब हो गया।"

पीछे का दरवाजा खुला और सुषमा अलग हट गई, शायद भौंरी दूध ले आई थी।

"यह सब क्या ले आए हो?" सुषमा ने अपने बालों को हाथों से थपथपाते हुए पूछा।

"तुम्हारे लिए—देखो पसन्द हैं?"

नील सुषमा के लिए अनेक उपहार ले आया था—पर्स, छपी हुई साड़ियाँ, जरीदार चौड़े बॉर्डर के ब्लाउज पीस, कानों के लिए मोतियों के लम्बे लटकन।

"मेरी आदतें क्यों खराब कर रहे हो? इतना सारा लाने की क्या जरूरत थी?"

नील ने डिब्बा खोलते हुए कहा, "यह पहनो तो देखूँ कि कैसी लगती हो। ज्वैलर कह रहा था कि आजकल फिल्म-स्टार्स में इनका फैशन बहुत है।"

सुषमा ने नील का मन रखने के लिए कान के अपने कर्णफूल उतारते हुए अपनी बात फिर दोहराई, "इतना सब मुझ पर खर्च करने की क्या जरूरत थी?"

नील ने अनुभव किया कि ये सब वस्तुएँ लाने में अपने प्रति उसका आत्मीय भाव सुषमा को अच्छा लगा है, पर इन्हें स्वीकार करने में उसे हिचक हो रही है। वह कुछ रुकता-सा बोला, "भई मेरे तो सिर्फ एक सुषमा है, वन एंड ओनली, कहीं भी जाऊँ, उसके लिए सारा बाजार खरीदने का मन होता है। तुम्हारी बात दूसरी है, संजय के लिए यह लेना है, नीरू के लिए साड़ी लेनी है। विनय का स्वेटर बुनना है, इस सबमें मैं बेचारा पीछे छूट जाता हूँ। ग्लव्ज बुनने का वादा किया था, वह भी भूल गईं।"

सुषमा नीचे कार्पेट पर बैठी थी। उसके चारों ओर भूरे लिफाफों, पतली डोरियों और रंगीन कागजों का ढेर था। उसे हटाती हुई वह नील के पैरों के पास सिमट आई और उसके घुटनों से हल्के-से सिर टिकाते हुए उसने प्यार से मनाया, "अरे, तुम तो बुरा मान गए! जो तुम हो मेरे लिए, वह कोई और कैसे हो सकता है? मैं भूली नहीं हूँ अपना वादा, ग्लव्ज बुनूँगी। नील, तुम उन भाई-बहनों से अपनी तुलना क्यों करते हो?"

नील ने सुषमा के गीले बाल छुए, "तुम हर वक्त उन्हीं लोगों में डूबी रहती हो।"

खाने के कमरे में बरतन खनके। सुषमा उठकर खड़ी हो गई और पुकारा, "भौंरी, चाय यहीं ले आ, खाना बाद में खाएँगे।"

भौंरी चाय की ट्रे लेकर आई तो नील और भौंरी में बड़ी आत्मीय मुस्कान का आदान-प्रदान हुआ। भौंरी के जाने के बाद नील ने पूछा, "भौंरी, हम लोगों के बारे में क्या सोचती होगी?"

"आज तुम्हें यह खयाल कैसे आ गया?" सुषमा पीले प्यालों में चाय छान रही थी। फिर उसके होंठों पर बड़ी शरारत-भरी मुस्कान दौड़ गई। "टैक्सी में उस बार जब मैंने कहा था कि ड्राइवर क्या सोचेगा तो

तुमने कहा, 'जहन्नुम में जाए ड्राइवर' याद है?"

"बहुत अच्छी तरह," नील ने कहा और सुषमा के आँचल में लगे फुँदनों के रेशमी धागे खींचने लगा। सुषमा के हाथ से चाय का प्याला ले नील सोफे से टिक गया। कमरे में हल्का-सा सुखद प्रकाश था। हल्की पीली दीवारें और चटक पीले परदे, सोफे पर नारंगी रंग के कुशन और मेज पर सजे डैलिया के फूल!

सुषमा की काली शाल कन्धे से ढुलक आई थी। उसके कानों में लम्बे नए ईयरिंग उसके मुख पर बहुत अच्छे लग रहे थे और उनके मोती लगातार काँप रहे थे। उसके होंठों पर रेशमी तरबूजी साड़ी से मेल खाती हल्की लिपस्टिक थी।

"आज डैलिया के फूलों में बड़ी मीठी, अनजानी-सी सुगन्ध आ रही है।" नील ने सुषमा की ओर थोड़ा-सा झुककर चिढ़ाया।

चौदह

माँ को निरुपमा और विनय के साथ देख सुषमा चकित रह गई।

"तुम्हें चिट्ठी लिखने का टाइम नहीं था। कल शाम लड़केवालों का तार मिला कि दिल्ली लाकर लड़की दिखा दो। लड़का रेलवे-सर्विस में है। किसी शादी में दिल्ली आए हुए हैं सब कोई।" अम्माँ ने विस्तार से बताया। सुषमा ने एक कमरे में उनके ठहरने का प्रबन्ध किया। अम्माँ सुषमा का घर देखकर बहुत प्रसन्न हुईं। भंडार-घर की व्यवस्था देख भौंरी को कुछ कहा-सुना। सुषमा के कॉलेज चले जाने पर उसकी सारी चीजें पलटकर देखीं और फिर सो गईं। सुषमा के लौटकर कपड़े बदलने के साथ ही जब भौंरी ने चाय रखी तो अम्माँ

उठीं। बड़े लाड़ से सुषमा के लिए नाश्ता बनाया और फिर उसे बार-बार कुछ और खाने का आग्रह करती हुई वह उससे हरेक के बारे में बता गईं। नारायण की पत्नी और बहन का आपसी झगड़ा, प्रतिमा का सीढ़ियों पर से गिरना और कैसे रात-भर उन्हें चिन्ता के कारण नींद नहीं आई कि हाथ तो नहीं टूट गया लड़की का।

"मन उनका भी पढ़ने में नहीं है। कहती हैं कि डॉक्टर बनेंगी। ऐसा आसान हो तो सभी न बना दें अपनी लड़कियों को डॉक्टर।" फिर अम्माँ का स्वर धीमा हो गया और इधर-उधर ताककर बोलीं, "नीरू की शादी तो अब करनी ही है। घड़ी-घड़ी महारानी खिड़की से बाहर झाँका करती है। सामने वो रहता है न, ब्रजमोहन, मुझे उसके रंग-ढंग अच्छे नहीं लगते। यह तो है ही बेवकूफ...कल को कुछ हो गया तो मेरी तो नाक कट जाएगी।"

"बिरजू?" सुषमा ने आश्चर्य से कहा, "वह तो अम्माँ बड़ा शरीफ लड़का है। पढ़ने में तेज भी है। कम्पटीशन में बैठा था, उसका क्या हुआ?"

"सुनते हैं, इंटरव्यू में नहीं आया।"

सुषमा ने परिहास में कहा, "अगर वह डिप्टी कलक्टरी में आ गया तो उससे नीरू की शादी कर दोगी?"

अम्माँ का मुँह खुला रह गया, फिर तुरन्त सँभलकर कहा, "डिप्टी कलक्टर क्या, वह कमिश्नर भी हो जाए, मैं उससे क्यों शादी करूँगी अपनी बेटी की? वाह! क्या बिरादरी में लड़कों की कमी है जो मैं उस कंगले को बेटी ब्याहूँ?"

बाहर किसी ने घंटी बजाई और सुषमा ने पुकारकर कहा, "भौंरी, देख तो ज़रा कौन है?" भौंरी बाहर से मुस्कराती आई और आँचल मुख पर रख आँखों के संकेत से बताया कि नील है। सुषमा एक क्षण को सकपका गई। चाय का प्याला रखकर उठने लगी तो अम्माँ ने बड़े दुलार से कहा, "ऐऽ हैंऽ, चाय तो पी लो। कौन आया है भौंरी? कह दो अभी आ रही है।"

सुषमा तब बैठक के द्वार तक पहुँच गई थी। मृदु स्वर में बोली, "तुम चाय पियो अम्माँ, मैं अभी आई।"

नील सुषमा की ओर पीठ किए पतलून में हाथ डाले खड़ा था।

"नील!" सुषमा के स्वर पर वह मुड़ा और उसके चेहरे पर हर्ष की लहर दौड़ गई।

"बैठो।" सुषमा ने अपेक्षाकृत मन्द स्वर में कहा। फिर कहा, "कानपुर से माँ और नीरू आई हैं, नीरू की शादी के सिलसिले में।"

नील की आँखों की चमक एकाएक बुझ गई।

"तुम बैठो। चाय लाऊँ?" सुषमा ने पास आते हुए पूछा।

"तुम्हें सिनेमा ले जाना चाहता था," नील ने कहा।

"अभी अम्माँ हैं, फिर कभी चलेंगे। ऑफिस से सीधे आ रहे हो?" उसके प्रश्न का उत्तर न दे नील ने एकदम पूछा, "कब तक रहेंगी?"

"अब मुझे क्या पता! क्यों?"

"तब तक मैं क्या करूँगा?" नील ने बच्चों की तरह मचलकर कहा।

सुषमा सशंक नेत्रों से द्वार की ओर देख नील की ओर दो कदम और बढ़ आई। उसके स्वर में उसकी सारी भावनाएँ सिमट आईं, "और मैं कैसे रहूँगी, यह नहीं सोचते!"

नील रूठा-सा उसकी ओर देखता रहा। बैडमिंटन खेलती हुई लड़कियों की हँसी उस कमरे में घुस आई और सुषमा के कानों में उसकी अनुगूँज काँपती रही।

अम्माँ की उत्सुकता अधिक न दब सकी। परदे की ओट से खड़े होकर उन्होंने पूछ लिया, "सुषमा! चाय वगैरा भेजूँ?" और कहते-कहते अन्दर आ गईं। नील ने जिस प्रकार अम्माँ को हाथ जोड़कर नमस्कार किया, उससे सुषमा को बरबस हँसी आ गई। पर अम्माँ उस आदर से अभिभूत हो कुछ कह न सकीं।

"अम्माँ, इनका घर लखनऊ में है। कृष्णा मौसी को जानते हैं।" सुषमा समझ न सकी कि वह अम्माँ को परिचय कैसे दे? अम्माँ के

चेहरे पर मुस्कराहट आई, "अच्छा बैठो बेटा, खड़े क्यों हो?" फिर उन्होंने बड़े रोब से पुकारा, "भौंरी, एक कप चाय तो लाना।" नील सोफे पर अपनी प्रिय जगह, कोने में पीठ से टिककर बैठ गया। सुषमा कुछ दूर मोढ़े पर बैठी। अम्माँ ने नील से पूछा, "किस सर्विस में हो?"

"यह फिलिप्स की फर्म में काम करते हैं।" सुषमा ने तुरन्त उत्तर दिया और उसी के साथ अनुभव किया कि अम्माँ को यह आत्मीयता भली न लगेगी।

अम्माँ ने नील से तमाम बातें पूछ डालीं। कितने भाई-बहन हैं? कितनी बहनों की कहाँ-कहाँ शादी हुई है? लखनऊ में मकान अपना है या किराए का? और दिल्ली में? वेतन कितना है और शादी के लिए रिश्ते आ रहे हैं या नहीं?

"आ रहे हैं," नील ने कहा।

"फिर कब तक करने का इरादा है? लड़की तो सुन्दर ही चाहते होगे?"

नील इस बात पर सुषमा की ओर जिस प्रकार देखकर हल्का-सा हँसा, उससे सुषमा झेंप गई। अपनी उस लाज से उबरने के लिए उसने कहा, "तुम भी अम्माँ क्या बात करती हो? इनकी बुआ मुझे बता गई थीं कि जल्दी ही इनकी शादी होनेवाली है।"

अम्माँ ने छोटी-सी आह भरी, "क्यों न होगी? अच्छे लड़के कोई बैठे थोड़े ही रहेंगे।" फिर उन्हें खयाल आ गया और उन्होंने नीरू को भी पुकारकर कमरे में बुला लिया। वह सकुचाती हुई बैठ गई। उसने नील को शायद अपने को देखने के लिए आया युवक समझ लिया था। कभी-कभी सबसे आँखें बचाकर वह जैसे नील को देख लेती, उससे सुषमा अनजानी न रही। नीरू सचमुच बहुत सुन्दर थी। सुषमा के दिल पर जिस वस्तु ने हल्की-सी खरोंच डाली वह उसका यौवन था। नीरू की उन आँखों में न जाने कितने स्वप्न जाग रहे थे। जीवन की दहलीज पर खड़ी हुई वह अपने आगे बिखरी हुई रंगीन झिलमिलाती हुई रोशनी

देख रही थी। उस क्षण सबसे घिरी बैठी सुषमा जैसे अकेली हो आई—यह नील—उसने आँखें फैलाकर नील को देखा, नील का प्रशस्त माथा, सुषमा की ओर देखते हुए उसकी दृष्टि की कोमलता, सोफे पर हल्के-से टिके हाथ, यह सब सुषमा की दृष्टि को असह्य हो उठे। उसकी धुँधली हो आई दृष्टि में अपने ये प्रियजन तीन काले धब्बे बनकर रह गए। सुषमा के विचार फिर उस बन्द गली में मुड़ गए जिससे निकलने की कोई राह न थी।

सुषमा ने एक लम्बी साँस ली। उसने पाया कि नील कुछ आशंकित-सा उसे देख रहा है। सुषमा ने मुस्कराना चाहा, और तभी नील उठ खड़ा हुआ, ''अब मुझे आज्ञा दीजिए माताजी, सुषमा भी थकी होंगी।''

और वह चला गया। उसके जाने के बाद सुषमा की जैसे सारी शक्ति चुक गई। वह वहीं नीचे फर्श पर पैर फैलाकर बैठ गई और शाल से पैर ढँक लिए। उसकी मुँद आई आँखों के आगे अब भी नील का रूठा चेहरा तैर रहा था। सुषमा का उस पर ढेर-सा प्यार उमड़ आया कि नील होता तो इसके घुटने से सिर टिकाकर उसे अनुनय-भरे नेत्रों से देखती हुई मना लेती। नील की उँगलियाँ उसके जूड़े के सारे काँटे निकाल लेतीं और उसके सुवासित केश पीठ पर गिर आते। नील का चेहरा उसे देखते समय कैसा मृदु हो आता है।

''बहुत थक गई क्या बिट्टो? चलो पलँग पर लेट जाओ।'' माँ के स्वर में बहुत स्नेह था। पर उस स्वर के व्याघात से सुषमा के विचार बिखर गए।

''ठीक हूँ अम्माँ!'' सुषमा ने सायास आँखें खोलते हुए कहा। सूरज की अन्तिम किरणें दीवार का एक कोना गुलाबी रंग से रँग रही थीं। बैडमिंटन खेलनेवाली लड़कियाँ फील्ड से जा चुकी थीं और धीरे-धीरे सन्नाटा कॉलेज की इमारत में फैलता जा रहा था। नल पर कुछ औरतें अपने घड़े भरकर जा रही थीं। उनके घेरदार घाघरों में चलने से लहरें-सी उठ रही थीं।

अम्माँ ने कहा, "सो गई क्या?"

"नहीं अम्माँ!" सुषमा ने कहा और कम्बल गले तक खींच लिया। कितनी देर से वह सोने का प्रयत्न कर रही थी। कभी-कभी आँखें हल्की-सी लगतीं तो नील और नीरू के चेहरे गडमड होते नजर आते। अम्माँ का स्वर सुनकर उसने आँखें खोलते हुए कहा, "क्यों, क्या है?" कॉलेज के खम्भों में लगी रोशनियों का उजाला खिड़की के बन्द शीशों से अन्दर आ रहा था, जिससे कि कमरे की हर चीज कुछ-कुछ दीख रही थी। सुषमा के करवट लेने से दूसरी ओर की खिड़की से होस्टल दिखाई देने लगता, जिसमें प्रकाश के अनेक चौखटे थे। शायद लड़कियाँ इम्तिहान के लिए पढ़ रही होंगी, थकने पर चाय बनाने लगती होंगी, और रात के उस अँधेरे और सन्नाटे में उनकी आवाजें बहुत तेज लगती होंगी। बातें, इम्तिहान की, कोर्स की, विद्या कितनी पढ़ती है, मिस शर्मा के पास आज वह फिर आए थे, उनकी माँ भी तो आई हुई है, आदि-आदि।

"सोचती हूँ कि यह इन्तजाम कैसे होगा?" अम्माँ ने चिन्तित स्वर में कहा।

"सब हो जाएगा अम्माँ, तुम परेशान न हो। कल शाम को आनेवाले हैं, दिन में सारा इन्तजाम करवा दूँगी।" सुषमा ने माँ को समझाया।

'नापसन्द करने की तो कोई बात है नहीं।' अम्माँ ने अपने-आपसे कहा, फिर बोलीं, "अगर उन्होंने पसन्द कर लिया तो कल ही उन्हें कुछ लेना-देना होगा। कुछ रुपयों का इन्तजाम कर लेना। शादी मैं फरवरी तक कर दूँगी।"

"उस पर बाद में सोचेंगे अम्माँ, अब तुम सो जाओ।"

उसके स्वर से अभिभूत होकर माँ ने कहा, "तुम न हो, तो मैं पागल हो जाऊँ बिट्टो!"

सुषमा अँधेरे में हँसी, "मैं कहाँ भागी जा रही हूँ, जो तुम्हें घबराहट हो रही है!"

अम्माँ कुछ देर चुप रहीं, फिर कुछ याद आने पर बोलीं, "तुम्हें मालूम है सुषमा, भटनागर साहब की रेणु बड़ी जग-हँसाई करवा रही है।"

"क्यों? क्या हुआ?"

"उनका लड़का तो अपनी शादी करके अलग ही हो गया। पहले सुनते रहे कि रेणु कहीं नौकरी कर रही है। बाद में पता चला कि उसकी किसी से..." अम्माँ एक पल को झिझकीं, "दोस्ती हो गई थी, उसी से रुपया ला-लाकर देती थी।"

"अच्छा!" सुषमा की वाणी उत्साहविहीन थी।

"उसके चाचा को पता चला तो बड़े लाल-पीले हुए। भटनागर साहब ने सब चुपचाप सुन लिया। कहते क्या? वकालत बिल्कुल चलती नहीं। जीने का सहारा तो चाहिए।"

सुषमा ने करवट बदल ली, "कल मुझे याद दिला देना, नहीं तो बैंक से रुपया निकालना भूल जाऊँगी।" उसने माँ से कहा।

सुबह से घर में बड़ी सरगर्मी रही। भौंरी होस्टल की एक और नौकरानी के साथ सफाई में लगा दी गई। फर्श धुले-पुँछे। कमरे में नरगिस के फूलों का गुलदस्ता लगाया गया। क्या चीजें घर पर बनें, क्या बाजार से आएँ, इस पर वाद-विवाद हुआ। सुषमा के पास बरतन कम थे, उसने स्लिप लिख मीरा धर के पास भेजी और बरतन लेकर वह स्वयं आ पहुँचीं। उन्हें माँ की हाँ-में-हाँ मिलाते देख सुषमा को चैन मिला और वह कॉलेज के लिए तैयार होने चली गई। उसके लौटने तक सब तैयारी हो गई थी। मीरा धर ने निरुपमा को तैयार कर बंगाली जूड़ा बाँध दिया था। सारे बरतन धुले-धुलाए रखे थे। चपरासी खाने की चीजें बाजार से ले आया था। अम्माँ ने भी स्वयं काले जरी-किनारे की शान्तिपुरी साड़ी और गले में सोने की दोहरी जंजीर पहनी थी। सुषमा आकर बैठी ही थी कि चपरासी ने आकर उसे बताया कि होस्टल की किसी छात्रा के अभिभावक उससे मिलना चाहते हैं। नीरू को कौन-सी साड़ी पहनाई जाए, इसको बीच में ही छोड़ सुषमा उनसे मिलने चली

गई। उनसे काफी देर सिर खपाने के बाद वह आई तो उसने देखा कि अम्माँ ने नीरू को नील की लाई हुई साड़ी पहना दी है।

सुषमा को अम्माँ की यह बात बिल्कुल भली न लगी। एक बार पूछ तो लेतीं। सुबह से काम करते-करते उसका सिर दुखने लगा था। अम्माँ की लगातार मीन-मेख निकालने की आदत से उसे बड़ी खिजलाहट हो रही थी।

"अम्माँ, नीरू को यह साड़ी किसने दी?" उससे न रहा गया।

"मैंने। क्यों, क्या हुआ?"

"मेरी डेढ़ सौ की साड़ी है। उसका क्या, कुछ गिरा लेगी!"

"बहन ही तो है, कोई पराई तो नहीं।" अम्माँ तिनककर बोलीं।

"अपनी या पराई की बात नहीं है। मैं तो साधारण-सी बात कह रही थी। अलमारी में साड़ियाँ भरी पड़ी हैं, तुम्हें पहनाने को यही मिली।"

"ओहो, तो क्या हो गया? खराब हो जाए, तभी कह लेना।"

सुषमा ने जिद में सादी साड़ी ही पहनी। बाल भी ऐसे ही, बेमन से सँवार लिए। अम्माँ के बहुत आग्रह करने पर भी वह नहीं मानी।

"तुम्हारी यह क्या आदत है, सब दिन चंगा, त्यौहार के दिन नंगा। वे लोग क्या कहेंगे? एक अच्छी-सी साड़ी नहीं पहनी जाती तुमसे?"

"तो अम्माँ—कोई मुझे देखने आ रहे हैं?" सुषमा का स्वर तिक्त था।

अम्माँ रुष्ट होकर चौके में चली गईं। एकाग्रचित्त हो हरा धनिया काटती भौंरी से उन्होंने पूछा, "क्यों भौंरी, तुम्हारी बीबीजी ऐसे ही रहती हैं?"

"नहीं अम्माँ जी!" भौंरी ने सीधेपन से कहा, "खूब अच्छा पहनती-ओढ़ती हैं। अभी नील भइयाजी ने कई साड़ियाँ लाके दी हैं।"

"और यह नील भइया कौन है?"

अम्माँ की टोन से भौंरी सकपका गई।

"कल जो आए थे माँजी! आप मिली तो थीं!"

"क्या अक्सर आते हैं?"

भौंरी ने उत्तर नहीं दिया।

"क्यों, क्या काफी आते हैं?" अम्माँ ने बात दोहराई।

"नहीं, कभी-कभी हालचाल पूछने आ जाते हैं," भौंरी ने कहा और अम्माँ की नजर बचा गई। अम्माँ कुछ आगे न पूछें, इस भय से वह चौके से बाहर निकलकर हाथ धोने लगी। अम्माँ सुषमा से जितना भी क्रुद्ध हुई हों, सुषमा की सहेलियों के अकेलेपन ने उनको सुस्त होने में सहायता दी। अतिथियों के आने पर मीरा दी ही नीरू को लेकर बाहर गईं और उन्होंने ही वार्तालाप चालू रखा। उनके अनुभवी और गम्भीर आचरण से अम्माँ को काफी आश्वासन मिला। सुषमा अतिथियों को प्रणाम करके अन्दर चली आई थी। वह और मीनाक्षी सारी खाद्य सामग्री ट्रे में सजा-सजाकर बाहर भेजती रहीं। इस अवसर के लिए सुषमा ने कॉलेज के चपरासी को बुला लिया था। सुषमा के घर की सुरुचिपूर्ण सजावट, चलते-फिरते कई नौकरों और नीरू का सलज्ज सौन्दर्य, इन सबसे आनेवाले प्रभावित-से लगे।

पर नीरू बहुत घबराई हुई-सी थी। बार-बार प्रश्नों के पूछे जाने पर भी उसने कोई उत्तर नहीं दिया। अम्माँ ने आँखों-आँखों में उसे धमकाया भी। चाय पीते समय सुषमा और मीनाक्षी भी बाहर आईं और अम्माँ ने बड़े गर्व से कहा, "यह मेरी बड़ी बेटी है। यह सब इसका ही है।" अपनी माँ की बात सुनकर सुषमा के होंठों पर थकी-सी मुस्कराहट काँपी। यह सम्पदा कितनी सारहीन थी, कितनी खोखली! चाय के प्याले बनाकर सबको देते हुए उसे महसूस हुआ कि अम्माँ, नीरू, सभी कोई अपने अधिकारों का अतिक्रमण कर, उसके छोटे सुखों में व्याघात डाल रही हैं। यहाँ इनका क्या प्रयोजन! जाड़े की इस साँझ में खुली खिड़की से बही आती शीतल, शान्तिप्रद पवन और कमरे में छाई सुगन्ध, यहाँ तो नील को होना चाहिए था। उसकी सशक्त बाहुओं के पाश में शिथिल पड़ी सुषमा की देह, नील के नरगिसी स्पर्श में डूबी हुई, गोधूल का ऐसा उजाला जिसमें नाक-नक्श का तीखापन ढँक जाए, केवल होंठों

पर आ गई पूर्ण तुष्टि की मुस्कराहट, पुतलियों में प्रतिबिम्बित प्रकाश की एक हल्की किरन ही चमकती रहे।

सुषमा ने हाथ बढ़ाकर नीरू को चाय का प्याला पकड़ाया। काँपते हुए हाथों से नीरू ने उसे पकड़ना चाहा, पर सारी चाय उसकी साड़ी पर जा गिरी और प्याला फर्श पर गिरकर छोटे-छोटे टुकड़ों में बिखर गया।

नीरू भीगी साड़ी पकड़े हुए उठ खड़ी हुई। अम्माँ सन्न रह गईं। मीरा के नीरू को बाहर ले जाने पर उन्होंने हँसने का विफल प्रयास करते हुए कहा, ''लड़की बड़ी शर्मीली है, अपरिचितों के सामने घबरा जाती है।''

कमरे में संकोच-भरा मौन छा गया। नीरू के इस फूहड़पन से अम्माँ का मन खट्टा हो आया। खा-पीकर अतिथि जब चलने लगे तो अम्माँ ने उन लोगों के विचार जानने हेतु पूछा, ''आप लोगों ने क्या इरादा किया?''

''यह जवाब हम कल देंगे।'' सुभाष की माँ ने कहा।

अम्माँ ने विह्वल हो उन लोगों की मुखमुद्रा से कुछ भाँपने का प्रयत्न किया, फिर हँसकर, हल्केपन से कहा, ''नीरू जैसी लड़कियाँ आपको कम ही मिलेंगी।''

''सुन्दरता के साथ स्मार्टनेस भी तो होनी चाहिए,'' सुभाष की भाभी ने तड़ाक-से कहा।

अम्माँ को निराशा के गहरे गर्त में डाल वे लोग चले गए। उनका घुटता हुआ क्रोध सुषमा पर निकला।

''तुम्हीं ने साड़ी की बात पर कुहराम मचाकर नीरू का मूड खराब कर दिया। उन्होंने तुम्हें देखकर क्या सोचा होगा? हाथ-कान खाली, रद्दी-सी साड़ी पहनकर बैठ गईं। अपना स्टैंडर्ड भी तो दिखाना था, ऐसे मौकों पर लोग माँगकर पहनते हैं, पर तुमने कुढ़न में, जो था, वह भी नहीं पहना।''

सुषमा भी खूब नाराज हो गई, ''तुमने मुझे बहुत सारा गहना गढ़ा

दिया है न, जो पहन लेती। तुमने तो पहन ली थी न भारी-सी जंजीर–बस देख लिया होगा उन लोगों ने।'' पर कहते-कहते उसका गला भर आया और उसकी आँखें बड़े-बड़े आँसुओं से भर उठीं।

अम्माँ दो दिन से चुप उदास पड़ी हुई थीं। नीरू और सुषमा उनसे बचती रहतीं। अम्माँ को नीरू पर बड़ा गर्व था, केवल लेन-देन पर बात नहीं बनी, इसका दुख वह झेल न पा रही थीं।

सुषमा दत्तचित्त कापियाँ जाँच रही थी। अम्माँ उठकर पास आ बैठीं और बोलीं, ''तुमसे हमेशा कहा कि नीरू की शादी का बन्दोबस्त करना है, तुमने कभी ध्यान ही नहीं दिया। मेरे पास आज दस हजार रुपए होते तो खट्-से नीरू की शादी हो जाती।''

सुषमा को अपने ही काम में लगे देखकर उन्होंने लम्बी साँस ली, ''जाने कैसे पार लगेगी यह औलाद! कैसी फूटी तकदीर लेकर पैदा हुई है!''

सुषमा ने कापी का पृष्ठ उलटते हुए कहा, ''तुम दुखी न हो अम्माँ–कहीं-न-कहीं तो उसकी शादी होगी ही। अब नहीं तो एक साल बाद।''

कुछ देर बाद अम्माँ उसे समझाने की टोन में बोलीं, ''आखिर इतनी गृहस्थी फैलाने की जरूरत क्या है सुषमा? भौंरी को निकाल दो और होस्टल के नौकरों से काम करवाओ। होस्टल में कुरसी-मेजें बनें तो घर के लिए कुछ सामान बनवा लो। पलँग है, अलमारी, खाने की मेजें–सब देने के काम आएगा–इतनी जमीन बेकार पड़ी है, साग-सब्जी लगवाओ।''

सुषमा ने कहा, ''अब यही तो सिखाओगी अम्माँ। बहुत-कुछ किया जिन्दगी में, यह बेईमानी नहीं की, लगता है, तुम्हारे बाल-बच्चों की खातिर यह भी करना पड़ेगा।''

''लो, मैंने ऐसी क्या बात कह दी कि काटने दौड़ी। जो सबको करते देखा, कह दिया। दुनिया करती है, तुम्हीं बड़ी ईमानदार पैदा हुई हो।''

"दुनिया क्या करती है, यह मेरे सामने न कहो अम्माँ!" सुषमा ने पट्-से कापी बन्द कर दी। "ज़रा अपने दिल के अन्दर झाँककर देखो कि तुमने मेरे लिए क्या किया है। मेरा आराम से रहना ही तुम्हें खटकता है। तुम शादी तय करो नीरू की, मैं अपने सारे गहने-कपड़े उठाकर दे डालूँगी। यही तो तुम चाहती हो।"

अम्माँ ने त्रस्त होकर कहा, "कुछ सोचकर तो बोला करो सुषमा! क्या तुम मेरी औलाद नहीं हो! अपना दुख अपनों से न कहूँगी तो किससे कहूँगी!"

वह आँचल के छोर से आँखें पोंछने लगीं, "तुम्हारे पास तो सबकुछ है। ये दोनों भी अपने घर जाएँ, सुख से रहें, अपने मन का खाएँ, यही चाहती हूँ।"

सुषमा का स्वर अब भी कड़वा था, "अभी कौन दुख है! भूखी रहती हैं या तन ढँकने को कपड़े नहीं हैं? मैं कुँवारी रह गई तो कौन-सा आसमान फट पड़ा। इन दोनों की भी अगर शादी न हो सकी तो क्या हो जाएगा?"

"तुम्हें तो," अम्माँ का गला भर आया, "कहने का हक है, कहो। तुम्हारे माँ-बाप ऐसे निकले कि अपना फर्ज भी न निभा सके।"

सुषमा वहाँ से उठ आई और खिन्न-सी कॉलेज जाने के लिए तैयार होने लगी। अम्माँ वहीं बैठी रोती रहीं। सुषमा को लगा कि उसने अम्माँ से बहुत कटु बातें कह दी हैं। वह भी तो विवश हैं। यह बात नहीं कि उन्हें सुषमा से प्यार नहीं। वह जिन विविध चिन्ताओं से घिरी रहती हैं, उन्हें किसी से तो कहेंगी ही। इस समय सुषमा से झिड़की खा क्या उन्हें अपने उस मृत पुत्र की याद न आ रही होगी जो सुषमा के बाद उत्पन्न हुआ था।

सुषमा को लगा कि वह एक दलदल में फँसकर रह गई है। वह छटपटाती है, उबरना चाहती है, पर दिन-प्रतिदिन डूबती ही जा रही है। उसने चाहा कि नीरू को बुलाकर डाँटे कि वह क्यों बार-बार खिड़की पर जाकर खड़ी हो जाती है, जबकि उसे पता है कि बृजमोहन सामने

रहता है? गहरे काले बाल पीठ पर फैलाए, रंगीन साड़ी पहने खिड़की से झाँकती नीरू का चित्र उसके आगे दौड़ गया।

सुषमा ने बाल उमेठकर जूड़ा बनाया और पूरी शक्ति से काँटे खोंसने लगी। काँटा त्वचा में चुभ उठा और इस आत्मपीड़न से उसे थोड़ा-सा सन्तोष हुआ। तभी उसके कमरे का परदा हटाकर नीरू अन्दर आई।

''जीजी, भौंरी कह रही है कि बिना खाना खाए मत जाना।'' परदे को हाथ में पकड़े वह सुषमा को एकटक ताकने लगी। उसके दीर्घ कातर नेत्र, अनछुई-सी त्वचा और वाणी के आग्रह के आगे सुषमा अवश हो आई। उसके हृदय में अचानक ही ममत्व का स्रोत उमड़ पड़ा। उसका मन हुआ कि नीरू को भींचकर सीने से लगा ले और समझाए कि 'तू क्यों दुखी होती है—तेरे सुख और भविष्य का उत्तरदायित्व मुझ पर है—मैं सब करूँगी।'

सुषमा ने उसकी ओर पीठ कर ली और कहा, ''तू जाकर खाना लगवा दे नीरू, मैं अभी आई।''

कॉलेज से सुषमा लौटी तब तक अम्माँ शान्त हो चुकी थीं। कपड़े बदलकर बाहर आने पर उन्होंने बड़े मृदु स्वर में कहा, ''तुम्हारे पीछे आज मीरा आई थीं, बड़ी देर बैठीं।''

''अच्छा!''

कुछ देर सोचने के बाद अम्माँ ने बात उठाई, ''उस दिन तुम्हारे पास वह जो लड़का आया था, उससे क्या नीरू की शादी नहीं हो सकती?'' वह सुषमा के चेहरे पर आनेवाले भावों को देखती रहीं।

''अभी उसकी शादी तो तय हुई नहीं है?''

''मुझे क्या मालूम अम्माँ!''

''तुम पूछकर देखो!''

''मैं कैसे पूछ लूँ!'' सुषमा की लम्बी पलकों ने उसके नेत्रों में उमड़ आई पीड़ा ढाँप ली। 'क्यों नील, मेरी बहन से शादी करोगे?'

अम्माँ तुरन्त कागज लेकर बैठ गईं और कृष्णा मौसी को चिट्ठी

लिखने लगीं। लिफाफा चिपकाते हुए उन्होंने भौंरी को पुकारा। सुषमा के आगे पुस्तक खुली थी, पर वह एक पंक्ति भी न पढ़ पाई थी। भौंरी को चौके से निकलते देख उसने एकदम चौंककर कहा, "मुझे दे दो, मैं छुड़वा दूँगी।" अम्माँ से खत लेकर वह बाहर चली आई।

अपने ऑफिस में आकर उसने कई बार खत को उलटा-पलटा और फिर उसके छोटे-छोटे टुकड़े कर खिड़की के बाहर फेंक दिए।

पंद्रह

जाड़ों की उदास-सी दोपहर। हवा हर झोंके के साथ कच्ची सड़क की धूल उड़ा लाती। बस-स्टैंड पर घर लौटनेवाली लड़कियों का समूह उच्च स्वर में वार्तालाप कर रहा था। स्टॉफ-रूम में दो-तीन अध्यापिकाएँ अनमनी-सी बैठी थीं। बीच का यह घंटा खाली था और इधर-उधर की छिटपुट बातें कर वे सब अभी-अभी चुप हो गई थीं।

मिसेज रायचौधरी ने पत्रिका के पन्ने उलटते हुए कहा, ''जब से बूनी की शादी हो गई है, घर काटने दौड़ता है।''

''आप वहाँ बेकार अकेली पड़ी हैं। यहाँ आ जाइए और घर उठा दीजिए किराए पर।'' मिस शास्त्री ने कहा।

"यहाँ कैसे आ जाऊँ! कोई क्वार्टर खाली नहीं है।" मिसेज रायचौधरी ने भोलेपन से कहा।

उनकी बात पर मिस शास्त्री हँसीं, "आपसे क्वार्टर में जाने को कौन कह रहा है? आप वार्डन के बँगले में आइए।"

"और सुषमा?" मिसेज रायचौधरी ने पूछा। मिस शास्त्री ने नई सम्भावनाओं की ओर संकेत किया था। रोमा डेविड अभी तक कापियाँ जाँचने में तल्लीन थी। सुषमा के नाम की भनक सुन उसने कापियाँ खिसकाकर कहा, "हाँ, अभी तो उसकी वार्डनशिप को दो साल बाकी हैं।"

"अरे वह तो चुटकियों का काम है," मिस शास्त्री ने कहा, "प्रिंसिपल तक रिपोर्ट पहुँच जाए तो बस काम बना समझो। सर्विस का तो कांट्रेक्ट होगा, पर वार्डनशिप छोड़ने को तो विवश किया ही जा सकता है।"

"न भाई, यह सब हमसे नहीं होगा।" मिसेज रायचौधरी ने विवशता प्रकट की।

"हमें-आपको क्या करना है? दो-तीन लड़कियों से प्रिंसिपल को चिट्ठी लिखवाना ही पर्याप्त है कि सुषमा वार्डन पद के लिए उपयुक्त नहीं। उसका आचरण अनैतिक है। प्रिंसिपल हम लोगों को बुलाकर पूछेंगी, क्योंकि हम लोग भी यहीं रहते हैं, तो कह देंगे कि देखा तो हमने भी है।"

हवा का एक तेज झोंका अपने साथ कुछ सूखी पत्तियाँ उड़ा लाया। मिसेज रायचौधरी विधवा थी और बूनी के विवाह के बाद नितान्त अकेली रह गई थी। वह मन-ही-मन हिसाब लगाने लगी कि मकान को किराए पर उठा देने से कम-से-कम दो सौ रुपए तो मिलेंगे ही। यहाँ मकान मिलेगा और सौ रुपए अलाउंस। खाना वह स्वयं बना लेगी और छात्रावास के नौकर अन्य काम कर देंगे—कुल मिलाकर फ़ायदा ही रहेगा। मिस शास्त्री सोच रही थीं कि अब सुषमा को पता चलेगा, बहुत इतराती है। मामला गवर्निंग बॉडी तक पहुँचेगा और कहीं मुँह दिखाने

लायक भी न रहेगी। मिस शास्त्री की आँखें इस कल्पना से चमकने लगीं। फिर मिसेज रायचौधरी उनका आभार मानेगी ही। यदि सम्भव होगा तो शायद स्वयं का उनके साथ रहने का प्रबन्ध हो जाए। अकेले ही तो होंगी इतने बड़े बँगले में।

"पर मैंने तो कभी नहीं देखा," रोमा ने कहा।

'तुम्हें तो अपनी रँगरेलियों से फुरसत कहाँ!' मिस शास्त्री ने सोचा। ऊपर से बोलीं, "जब चाहो दिखा दूँ। रोज ही तो आता है। इधर सुषमा की माँ थीं तो नहीं आया, आज जा रही हैं तो शर्तिया आएगा। चलना तो मिला दूँगी तुम्हें भी।"

रोमा संकोच में हाँ या ना कुछ भी न कह सकी। तभी मिसेज पुरी अपनी भारी-भरकम देह हिलाती हुई आ गईं और पूछने लगीं, "क्या बात हो रही है?"

"अरे, यही सुषमा की। और रोमा! अपनी नौकरानी को ऐसा ट्रेंड किया है सुषमा ने कि मरी कुछ नहीं बताती। चाहे कितना भी खोदकर पूछो, टाल देती है और सहेली भी है तो मीनाक्षी, सुषमा के बारे में कुछ सुनते ही आगबबूला हो जाती है।"

"सुनते हैं कि यह लड़का बड़ा अच्छा है," मिसेज पुरी ने सहज जिज्ञासा से कहा।

"जो मुफ्त में पिक्चर दिखाए, खिलाए-पिलाए, वह कैसा भी हो, अच्छा ही लगेगा।" मिस शास्त्री का स्वर कड़वा हो आया।

घंटा बोला और कुछ देर में स्टॉफ-रूम काफी लोगों से भर गया। किसी ने पूछ लिया, "आपकी डियरेस्ट मजे में तो है मिस शास्त्री?"

"कल रात-भर न जाने कहाँ घूमती रही। मैं तो बाँधकर रखती हूँ, न जाने कैसे खुल गई। सुबह से उसकी नाक सुड़सुड़ा रही है।" मिस शास्त्री ने बताया।

"अरे, क्या बिल्लियों पर भी सरदी का असर होता है?" पूछनेवाली के स्वर में आश्चर्य था। मीनाक्षी ने रजिस्टर मेज पर रखते हुए बेयरा को कैंटीन से कॉफी लाने को कहा, फिर मुड़कर परिहास से कहा, "जब

मेंढकी को जुकाम हो सकता है तो डियरेस्ट को सर्दी क्यों नहीं होगी? मेरी बात मानिए दुर्गा दी, उसे थोड़ी-सी ब्रांडी दीजिए।"

मिस शास्त्री नाराज हो गईं, "मुझे हर समय मजाक नहीं अच्छा लगता मीनाक्षी, तुम लोग कभी तो कोई बात गम्भीरतापूर्वक किया करो।"

मीरा धर ने बीचबचाव करते हुए कहा, "जाने भी दीजिए, आप भी किसकी बात का बुरा मान गईं! मीनाक्षी प्यार करने की यह सब बारीकियाँ क्या जाने!"

मिस शास्त्री मीनाक्षी को घूरती रहीं, फिर उन्होंने अन्य उपस्थित साथिनों को सम्बोधित करके कहा, "बारीकियाँ यह न जानेंगी तो और कौन जानेगा! यह हैं, इनकी सहेलियाँ हैं..."

"देखिए दुर्गा दी, यहाँ बैठकर आपको किसी पर रिमार्क देने का अधिकार नहीं है," मीनाक्षी ने कहा।

तभी सुषमा हड़बड़ाती हुई स्टॉफ-रूम में आई और अपनी अलमारी में कुछ ढूँढ़ने लगी। कापियों का बंडल हाथ में लेकर वह जाने को मुड़ी और एक पल रुककर बोली, "कल डियरेस्ट सारी रात मेरे सोफे पर सोई रही। अम्माँ भगाने को चलीं पर मैंने मना कर दिया। आप तक पहुँची या नहीं?"

"आ गई," मिस शास्त्री ने रुखाई से कहा। मीनाक्षी कॉफी पीने के लिए नहीं रुकी। सुषमा के साथ ही स्टॉफ-रूम से चली आई।

मिस शास्त्री ने मिसेज रायचौधरी की ओर तात्पर्य-भरी दृष्टि से देखा। खुली हुई खिड़की का एक किवाड़ हवा से हिलने लगा और धूल के नन्हे-नन्हे कण आकर किताबों पर जम गए।

सुषमा अपने प्रति रचे गए इस षड्यन्त्र से अनभिज्ञ रही। माँ के जाने के बाद उसमें इतनी भी शक्ति न बची थी कि वह कपड़े ही बदल लेती। पड़ी-पड़ी अम्माँ के शब्दों को मन में उलटती-पुलटती रही, 'देखो सुषमा,' अम्माँ ने कहा था, 'तुम समझदार हो, कभी ऐसा कुछ न करना जिससे किसी को कुछ कहने का अवसर मिले। तुम्हारी वजह से अभी

हम चार जनों में सिर ऊँचा करके रह रहे हैं...' अम्माँ ने ये शब्द अप्रयोजन नहीं कहे थे। पर उनका संकेत क्या नील की ओर है? पर उन्हें नील के बारे में क्या मालूम? या अम्माँ ने उसमें कोई परिवर्तन लक्ष्य किया।

और भौंरी ने जब आकर बताया कि नील आया है तो वह चौंक पड़ी। ऐसे लेटे-लेटे कितना समय बीत गया, इसका अनुभव उसे अब हुआ। हड़बड़ा उठकर बैठते हुए उसे शृंगारमेज के दर्पण में अपना प्रतिबिम्ब दिखाई दे गया। उसका चेहरा कितना थका और साँवला लग रहा था! वह पैर नीचे कर चप्पलों में डाल ही रही थी कि उसने कमरे के बाहर नील का स्वर सुना, "आ जाऊँ?" और दोनों कमरों के बीच के दरवाजे का परदा हटाकर वह अन्दर आ गया और दहलीज के पास ही खड़ा हो गया। सुषमा पलँग से नीचे उतर आई, सुबह से पहनी हुई हरी और पीली धारीदार साड़ी काफी गुंजल गई थी। गहरी हरी खादी की ब्लाउज में उसकी खुली हुई ग्रीवा अधिक उज्ज्वल लगने लगी थी। उसकी अस्त-व्यस्त वेशभूषा को देख नील ने बड़े दुलार से पूछा, "कैसी तबीयत है? बड़ी सुस्त लग रही हो?"

"थक गई हूँ।" सुषमा की मुस्कराहट बड़ी अलस थी। फिर तौलिया उठाकर वह स्नानागार की ओर मुड़ती हुई बोली, "तुम बैठो, मैं अभी आई।" ठंडे पानी से शरीर में सिहरन-सी होने लगी। अभी पूरी शाम सामने फैली हुई है, नए नोट-सी—खर्च की तमाम सम्भावनाएँ अपने में लिए हुए यह बहुप्रतीक्षित साँझ। सुषमा का मन भरा-भरा-सा हो गया। उसने आगे से बाल सँवार लिए, चेहरे पर पाउडर का हल्का-सा पफ फेरा, और ग्रीवामूल में थोड़ी-सी सुगन्ध लगा ली। भौंरी से कॉफी बनाने को कह वह सामनेवाले कमरे में आ गई। नील ने शीशे की खिड़कियाँ बन्द कर उन पर परदे खींच दिए थे। रेडियो पर पाश्चात्य संगीत की धुन हल्की-हल्की बज रही थी और कमरे में प्रवेश करते ही, कुम्हलाए गुलाबों की सुवास सुषमा के नासिकापुटों में भर गई। दीवार के सहारे टिका हुआ और एक कुशन का तकिया लगाए नील नीचे

कारपेट पर बैठा था। उसने हाथ बढ़ाया और उस हाथ को पकड़ सुषमा भी पास आकर बैठ गई। जब तक भौंरी कॉफी की ट्रे लाकर रख नहीं गई, दोनों में से कोई नहीं बोला। नील जैसे पहली बार सुषमा को देख रहा हो। सुषमा ने उसकी ओर प्याला बढ़ाया तो उसे हाथों में पकड़ कुछ हँसकर उसने कहा, ''जब देखता हूँ तभी नई-सी लगती हो।''

सुषमा ने माथे पर आ गई लट पीछे धकेल दी। उसकी आँखों में ऐसी गहराइयाँ थीं जिनकी थाह नील न पा सका। कॉफी पीकर और दोनों प्याले मेज पर रखकर वह नील के पास आकर बैठ गई। नील ने उसके गले की लम्बी माला में अपनी उँगलियाँ फँसा लीं। सुषमा ने आँखों-ही-आँखों में उसे वर्जित किया, पर नील नहीं माना।

उसकी ओर कुछ झुकते हुए नील ने कहा, ''आज तुम बड़ी उदास हो?''

''कभी-कभी बिना जाने ही मन बड़ा उदास हो जाता है,'' सुषमा ने हल्के-से कहा।

नील ने दोनों हाथों में उसका मुख थाम लिया। सुषमा की पलकें फड़फड़ाईं। कुछ देर में नील चला जाएगा, इस बात का ज्ञान होते हुए भी वह अपने को उस क्षण की संवेदनाओं में खो देना चाहती थी। कुछ समय पहले तक उसने यह सबकुछ नहीं चाहा था। पर जब अनचाहे ही उसका आँचल इतने सुख से भर गया तो पीछे मुड़कर देखने पर उसे अपना विगत जीवन अत्यन्त शुष्क और सूना-सा प्रतीत हुआ। प्रत्येक दिन की छोटी-छोटी समस्याओं के समाधान में ही उसकी जिन्दगी चुकती जा रही थी और इस विचार मात्र से ही वह काँप जाती कि यदि नील उसके पास नहीं रहेगा तो क्या होगा। वह इस सत्य से आँख न मूँद सकी थी कि भविष्य में नील कभी-न-कभी तो उससे अलग होगा ही। नैकट्य के अभिन्न क्षणों में भी यह विचार उसके हृदय में चुभता रहता। पर वह दिन अभी बहुत दूर था। अभी सुषमा अपने को इस वियोग के लिए प्रस्तुत नहीं पाती थी। अभी तो उसने अपने को अदृष्ट पर छोड़ दिया था। वह अपने को अपनी तीव्र अनुभूतियों तथा उनकी

परिपूर्णता में डूब जाने देती थी। नील की बाँहों में सिमटकर वह अपनी परिस्थितियों को भूल जाती थी। नील एक कवच था जो कि समस्त आपत्तियों तथा समस्याओं से उसे बचाए रखता था।

सुषमा अपने में आ गए परिवर्तन स्वयं समझती थी। जिस रात वह कानपुर से लौटकर आई थी, उस समय सुषमा ने अपने को एक व्यावहारिक, दुनियादारी में पटु, समझ-बूझवाली स्त्री के रूप में देखा था। घुटे-घिरे जीवन की एकरसता से ऊबकर एक दुर्बलता के क्षण में उसने नील को अपने निकट आ जाने दिया था। पर उसके बाद उसे एक नई बात का बोध हुआ और उस बोध ने उसे तोड़-सा दिया। उसने पाया कि जब उसने नील को अपना शरीर दिया तो साथ में अनजाने ही अपनी भावनाएँ, विचार और हृदय भी समर्पित कर दिए थे। वह अपने व्यक्तित्व को दो इकाइयों में न बाँट सकी और उसे इस बात की खुशी थी कि वह अपने शरीर से अलग नहीं है और इसीलिए वह स्वाति-जैसों की पंक्ति में नहीं है। उसने नील से किसी वस्तु की कामना नहीं की। उसके लाए उपहारों को ग्रहण करने में वह संकोच अनुभव कर रही थी। उसे जो कुछ भी नील ने दिया अयाचित, और इसीलिए अधिक मूल्यवान।

कमरे में केवल स्टैंडर्ड लैम्प जल रहा था।

प्रकाश का वह वृत्त अन्धकार के सागर से घिरा जैसे एक द्वीप था। सुषमा उससे कुछ अलग हटकर बैठी थी, अन्धकार की उन लहरों में डूबी हुई। दोनों चुप थे, निश्चेष्ट। वे दोनों ऐसी जगह थे जहाँ समय में गति न थी। भविष्य उनके आगे दूर तक फैला था और विगत की सारी अपूर्णता और भटकन इस क्षण में सिमट आई थी। जहाँ शब्द अनावश्यक और निरर्थक बन गए थे और साँसें एक-दूसरे को बाँधती जा रही थीं। उनकी छूती हुई उँगलियों में सारे शरीर की चेतना और संवेदना एकत्र हो गई थी।

"बीबीजी! बीबीजी!" हल्के से मुँदे हुए किवाड़ भौंरी खटखटा रही थी। उसका उत्तेजित स्वर सुषमा को चौंका गया। उसे लगा कि किसी

ने उसे बेदर्दी से झकझोर दिया है। वह तुरन्त उठकर खड़ी हो गई।

"क्या है भौंरी? अन्दर आ जाओ," उसने भारी कंठ से कहा। भौंरी भड़-से दरवाजा खोलकर अन्दर घुस आई और बिना कुछ कहे उसने आँगन के पिछले दरवाजे की ओर संकेत किया जिसमें से होकर मिस शर्मा अन्दर आ रही थीं। सुषमा की आँखों ने उनके साथ के लोगों को पहचाना। वह हतप्रभ होकर दहलीज पर जम-सी गई। फिर उसने स्वर में ढेर-सा आश्चर्य भरकर कहा, "अरे आप लोगों ने इधर से आने का कष्ट क्यों किया? सामने से आतीं।"

"बन्द था तो सोचा कि इधर से ही चलें," मिसेज अग्रवाल ने झेंपी-सी हँसी के साथ कहा।

सुषमा के साथ वे लोग अन्दर आ गईं और सबकी दृष्टि एकसाथ नील पर गई। नील झुका हुआ मेज पर पड़ी पत्रिका के पृष्ठ उलट रहा था।

"यह नील हैं।" सुषमा ने पाया कि उसका सारा शरीर एक तीव्राघात से काँप रहा है। "नील! आप मिसेज रायचौधरी, मिसेज अग्रवाल, मिस शास्त्री, रोमा...।" नील ने उन्हें नमस्कार किया और मुस्कराया।

"अब मैं चलूँ सुषमाजी!" उसने पत्रिका बन्द करते हुए कहा।

"हमारे आते ही आप चले जाएँगे तो सुषमा हमें क्षमा न करेंगी," रोमा ने नील से कहा। पर नील ने कुरसी पर पड़ा कोट कन्धे पर डाला और सबको नमस्कार करते हुए चला गया। उसकी दृष्टि निमिष-भर को सुषमा से मिली थी पर उससे सुषमा को अपार बल मिला। उसने कारपेट पर पड़े कुशन उठाकर ऊपर रख दिए और भौंरी को पुकारकर चाय बनाने को कहा। वह जब उनके पास बैठी तो रोमा ने कहा, "आज तुम बड़ी सुस्त लग रही हो, हम लोगों ने डिस्टर्ब तो नहीं किया?"

सुषमा कुछ देर तक सुलगती-सी आँखों से उसे देखती रही। फिर उतनी ही मिठास से कहा, "तुम्हें मेरी सुविधा का इतना ही खयाल था

तो पहले पुछवा लेतीं। और अब आई हो तो चैन से बैठो।''

''यह नील तुम्हारे कोई रिश्तेदार हैं क्या?'' मिसेज अग्रवाल ने पूछा।

सुषमा के मस्तिष्क में बिजली-सी कौंधी और वह इस आकस्मिक आगमन का तात्पर्य समझ गई।

''जी, नहीं।''

''ऐसे ही मेल-जोल होगा,'' मिसेज अग्रवाल ने कहा।

''जी!''

''क्या करते हैं?''

''कुछ करते ही होंगे।''

वातावरण के तनाव को कम करने के लिए मिसेज रायचौधरी ने नकली ठहाका लगाया और कहा, ''कोई कुछ भी करता हो, हमें क्या! हमारी तो एक लड़की थी, उसकी भी शादी हो गई। सुषमा, तुम हमें अपना घर तो दिखाओ। हमने सबसे बड़ी तारीफ सुन रखी है।''

''आइए,'' कहकर सुषमा उठ खड़ी हुई। उसने परदा हटाते हुए कहा, ''यह मेरे सोने का कमरा है और यह खाने का।''

सुषमा के पलँग पर चीनी कढ़ाई का गुलाबी पलँगपोश बिछा था। उसी रंग का मेजपोश। शृंगार मेज के लम्बे शीशे में बिजली का प्रतिबिम्ब था और नीचे करीने से तीन लिपस्टिक्स, चाँदी का पाउडर केस और क्रीम की शीशी रखी थी। खुली हुई लम्बी खिड़की पर दोहरे परदे लटके हुए थे। कमरे में कहीं भी अव्यवस्था का चिह्न न था।

भौंरी ने खाने की मेज पर नाश्ता और चाय बनाकर सबको दी और उसके दिल में एक बगूला-सा उठा। उसने नील को खाना खाने के लिए रोका था। वह ऑफिस से सीधा आया था और सिर्फ एक प्याला कॉफी पीकर चला गया।

सुषमा के होंठ मुस्करा रहे थे, पर उसकी आँखें कठोर थीं।

''तुम्हारी साड़ी बड़ी सुन्दर है,'' रोमा ने कहा, ''नई है?''

''हाँ। सुबह से पहने-पहने यह हालत हो गई है। माँ के जाने के

बाद इतना थक गई कि बदली भी नहीं।'' सुषमा को लगा कि जैसे उसे अपने अस्त-व्यस्त कपड़ों के लिए सफाई देनी है। नहीं तो यह साड़ी रोमा ने क्या उसे आज कॉलेज में पहने नहीं देखा था? सुषमा की मुट्ठियाँ भिंच गईं।

हर चीज को घूर-घूरकर देखने और पचासों प्रश्न पूछने के बाद जब वे लोग चली गईं तो सुषमा निष्प्राण-सी पलँग पर गिर गई। भौंरी ने जूठे बर्तन नहीं समेटे, सुषमा के पायताने आकर खड़ी हो गई।

''नील भइया तो चले गए। उनका खाना बना है।''

''खाना तू खा ले भौंरी, और उठाकर रख दे। मैं अब सोऊँगी। सिर दर्द कर रहा है।''

भौंरी तेल की शीशी उठा लाई और धीरे-धीरे सुषमा के बालों में लगाने लगी।

''किसी दिन उनकी बिल्ली की गरदन मरोड़ दूँगी,'' भौंरी ने विवश क्रोध से कहा। वह सुषमा के निचुड़ आए चेहरे को देख रही थी। सुषमा ने लम्बी साँस ली और भौंरी की बात पर कुछ नहीं कहा।

घड़ी की टिकटिक सारे कमरे में गूँज रही थी। सुषमा बार-बार आँखें खोल घड़ी की सुइयों को देख लेती। उसका शरीर ऐसा निढाल था जैसे उसकी सारी शक्ति रिस गई हो। हर बार समय देखती और उसकी विवश पलकें छलछलाई आँखों पर मुँद आतीं। वह इतनी उद्विग्न क्यों थी, वह स्वयं नहीं जान पा रही थी। उसे रह-रहकर लगता कि जैसे किसी भीषण घटना का सूत्रपात हो गया है। एक अज्ञात भय उसके हृदय में समाता जा रहा था।

सोलह

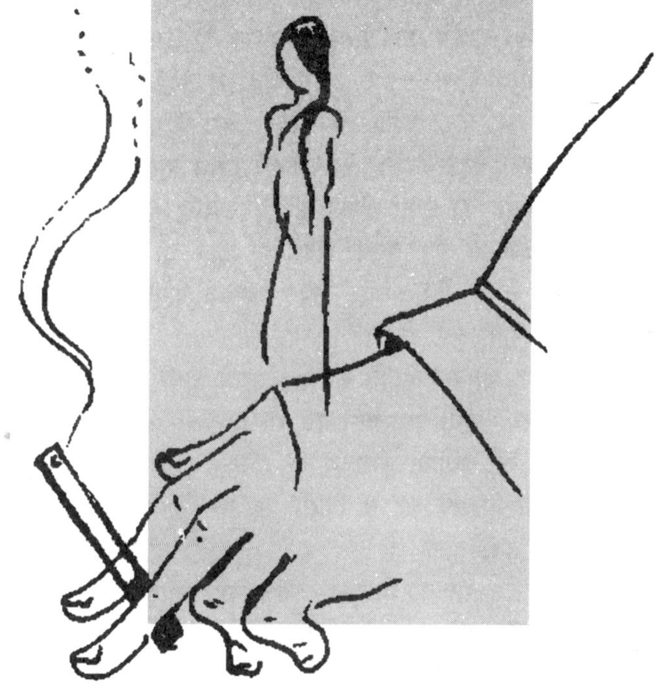

सुषमा को आते देख नील ने सिगरेट नीचे डालकर जूते से रगड़ दी। उसे देख नील के चेहरे पर जो भाव आया उससे सुषमा के हृदय में सहस्त्रों बरछे-से चुभे। नील ने शायद उसी दिन बाल कटवाए थे जिससे कि वह अपनी आयु से भी छोटा लग रहा था। सिनेमाहॉल के फौयर में बड़ी भीड़ और रेलपेल थी। सुषमा को लग रहा था कि कहीं कोई परिचित न मिल जाए। न जाने क्यों, इस समय नील के साथ आने पर बड़ी झिझक (सेल्फ-कांशस) अनुभव कर रही थी।

न्यूजरील चल रही थी। वे दोनों चुपचाप अपनी जगहों पर बैठ गए। नील ने उसकी ओर झुकते हुए पूछा, ''उन खूसट बुढ़ियों ने तुम्हें

बहुत तंग तो नहीं किया?"

"नहीं!"

"मेरी वजह से तुम्हें कितनी शर्मिंदगी उठानी पड़ी!" नील के स्वर में बहुत ग्लानि थी। सुषमा की आँखें अप्रयोजन ही छलछला उठीं, और भावातिरेक से काँपता निचला होंठ उसने दाँतों से दबा लिया। नील ने एक लम्बी साँस ली और सुषमा ने उसकी दृष्टि बचाकर आँखें पोंछ लीं। नील का चेहरा बहुत गम्भीर हो आया। उसने कुरसी के हत्थे पर टिकी सुषमा की बाँह को छूकर उससे कहा, "सुषमा, तुम्हें ऐसी स्थिति में डालने का दोषी मैं हूँ। तुमने ठीक ही कहा था पर मैं अपनी भावनाओं में बह गया। मैंने तुम्हारे ऊपर यह जो पहाड़ तोड़ दिया है उसके लिए मुझे माफ कर दो।"

सुषमा ने नील की मनःस्थिति समझी। उसने अँधेरे में मुड़कर नील को देखा और कहा, "क्या पागलपन कर रहे हो? तुम क्यों दोषी हो?" और वह चुप हो गई क्योंकि बीच में ही उसका स्वर टूटने लगा।

यह स्पष्ट था कि पिक्चर में किसी का मन नहीं लग रहा था। फिल्म भी काफी उबानेवाली थी।

"तुम्हें कैसी लग रही है फिल्म?" नील फुसफुसाया।

"रॉटन! इंटरवल हो तो उठ चलेंगे," सुषमा ने उत्तर दिया।

इंटरवल के लिए जैसे ही हॉल में बत्तियाँ जलीं, वे दोनों उठ खड़े हुए। आगे चलती हुई सुषमा ठिठकी और सामने गौर से देखने लगी। फिर वह हॉल से निकल आई। सीढ़ियाँ उतरते हुए बोली, "होस्टल की दो लड़कियाँ बिना परमिशन लिए देख रही हैं।"

"अच्छा!" फिर नील ने आगे कहा, "बुरी पकड़ी गईं बेचारियाँ।"

"बड़ी बेचारियाँ!" सुषमा ने कहा। सिनेमाहॉल से निकल वे सड़क पर आ गए। हवा का एक ठंडा झोंका आकर सुषमा को सहला गया। नील ने एक फूलवाले से दो वेणियाँ खरीदीं और सुषमा को दे दीं। उन्हें आँखों से सटा, उनकी शीतलता और सुवास में सुषमा डूब-सी गई। उसकी पलकें भारी हो रही थीं और आँखों में जैसे सुइयाँ चुभ रही थीं।

रंगबिरंगी रोशनियों के झिलमिलाते प्रकाश में वे लोग टहलते रहे–आसपास की भीड़भाड़ से बेखबर। आठ बजनेवाले थे और दुकानें बन्द होने लगी थीं, पर सड़क के किनारे फाउंटेन पेन, टाइयाँ और फूल बेचनेवालों की भीड़ कम न हुई थी।

नील और सुषमा चलते हुए ऐसी सड़क पर जा निकले जहाँ सघन वृक्षों के नीचे गहरा अँधेरा था और मुख्य सड़क का शोर कम था। कभी-कभी कोई मोटर निकल जाती, एक गुब्बारेवाला धीरे-धीरे उनके आगे चला जा रहा था और वे गुब्बारे हवा से हिल रहे थे। सुषमा ने अपने ठंडे हाथ शॉल में छिपा लिए।

सत्रह

लाइब्रेरी में नई किताबें आई थीं। सुषमा कितने ही दिन से उन्हें जाकर देखना टाल रही थी। किताबोंवाला दो चक्कर घर के भी काट गया। उसका बिल रुका हुआ था। जाड़े की उस अलस दोपहर को, जब बहुत प्रयत्नों के बाद भी नींद नहीं आई तो सुषमा लाइब्रेरी चली गई। किताबें लम्बी-लम्बी अलमारियों में रख दी गई थीं। वह वहीं खड़े-खड़े उनके शीर्षक देखने लगी। कभी-कभी कोई किताब निकालकर पृष्ठ उलटने लगती।

सहसा अपना नाम सुनकर वह स्थिर रह गई। अलमारी के दूसरी ओर दो-तीन लड़कियाँ उसी की बात कर रही थीं। उसने उनके स्वर पहचाने।

"हम लोगों पर अनुशासन रखती हैं। उस दिन रूनू और निकी के साथ सिनेमा चले गए तो फाइन कर दिया और अपने लिए कुछ नहीं।"

"क्या हुआ?" दूसरी ने पूछा।

"हमें सब मालूम है। आधी रात को वापस लौटती हैं, खूब मजे करती हैं।"

"नहीं, मुझे विश्वास नहीं होता। इतनी स्वीट और सिम्पल है।"

"मत मानो। मिस डेविड ने अपनी आँखों से देखा है। मिस शास्त्री भी जानती हैं। होस्टल की सभी लड़कियाँ झाँककर देख चुकी हैं।'

"क्या?" प्रश्नकर्त्री का स्वर मन्द हो गया।

एक हँसी और फिर अस्पष्ट फुसफुस।

"बता दो न!" याचना।

"तुम नहीं समझोगी!" शरारत-भरी हँसी।

"प्लीज, देखो बता दो न।"

"एक दिन उनके कमरे की खिड़कियाँ खुली थीं। बस, मोहिन्दर ने झाँककर देख लिया। माली की चारपाई घसीटकर ले आए और उसी पर चढ़ गए।"

"हाय राम! कैसे हिम्मत हुई? देख लेतीं तो?"

"कैसे देख लेतीं? वह तो अन्दर थीं और बाहर अँधेरा था। कई दिन से हम लोग ताक में थे। मिस शर्मा घर ही में रहती थीं। फिर एक दिन उनके फ्रेंड की कार आते देखी तो पता चल गया कि वो आए होंगे।"

"क्या देखा तुम लोगों ने?"

फिर हँसी, "शर्म आती है।"

"चलो, बड़ी शर्मवाली!"

"उनके फ्रेंड तो बैठे थे ऊपर सोफे पर और मिस शर्मा नीचे बैठी थीं, उनके पैरों के पास। उनके सारे बाल खुले थे और वो कुछ कह रहे थे।"

फिर एक सन्नाटा।

"किस-किसने देखा?"

"सभी ने, मोहिन्दर, सरिता, शुभा, सभी तो थे।"

"हाय राम!"

"हाँ, अगर बहुत सख्ती करेंगी तो मैं तो प्रिंसिपल से कह दूँगी..."

सुषमा दोनों हाथों से अलमारी थामे सिर झुकाए खड़ी रही। उसके गाल तपने लगे और उसका मन होने लगा कि धरती फटकर उसे निगल ले। जो कुछ उसके लिए अमूल्य और स्वर्गिक था, दुनिया की आँखों में वह कितना सस्ता और उपहासास्पद बन गया था! उसकी पलायनवादी प्रवृत्ति ने उसे लड़कियों के सामने जाने से रोका। उसे लगा कि उसकी सारी शक्ति निचुड़ गई है। न जाने कितनी देर तक वह वैसे ही निष्प्राण टिकी खड़ी रही। उसने लड़कियों के जाने की आहट सुनी। कॉलेज में घंटा बजा और लौटती धूप का एक चौखटा लाइब्रेरी में आकर भूमि पर लेट गया।

नई किताबों की पंक्तियाँ जैसे आँखें थीं जो उसे घूर रही थीं। उसके कानों में वे काल्पनिक वार्तालाप गूँजने लगे जो हर कमरे, हर क्वार्टर और गलियारे में हुए होंगे। बीड़ी पीते हुए चपरासी और नौकर, आपस में हँसती छात्राएँ, स्टॉफ-रूम में फुसफुस...

"मिस शर्मा! मिस शर्मा!" लाइब्रेरी के चपरासी का स्वर सुषमा से टकराकर लौट आया।

"आपकी तबीयत कैसी है?" उसका स्वर सहानुभूतिपूर्ण था। सुषमा ने आँखें खोलकर उसे देखा। क्या गुलशन ने भी नील के बारे में सुना होगा?

"रीडिंग रूम में...कोई लड़की है?" वह कठिनाई से पूछ पाई।

"कोई नहीं है। आप चलकर बैठ जाइए।"

सुषमा डगमगाते कदमों से आकर गद्देदार कुरसी पर बैठ गई। उसने दोनों स्वेद-सिक्त हथेलियों से तपते हुए मुख को ढाँप लिया।

"सुषमा!"

मीरा दी कोई मैगजीन लेने आई थीं। सुषमा को अकेली लाइब्रेरी में ऐसे बैठा देख वह घबराकर पास आ गईं।

"क्या हुआ सुषमा?" उन्होंने पूछा।

"चक्कर आ गया था," सुषमा ने कहा। निमिष-मात्र को मीरा दी की आँखों में जो प्रश्न कौंधकर बुझ गया, उससे सुषमा को शरीर में करैंट-सा लगा। स्वाति एक दिन चक्कर खाकर गिर गई थी। किसी के ये शब्द याद आते ही वह छटपटा उठी।

'नहीं मीरा दी, नहीं,' उसने चीखना चाहा। तब तक गुलशन पानी का गिलास ले आया और मीरा दी ने गिलास थामते हुए कहा, "पानी पी लो। तबीयत ठीक हो जाएगी।" और जो कुछ क्षण के उस सूक्ष्म खंड में उनके मस्तिष्क में आया था, उसी कारण उनके मुख से निकल गया, "हाँ, पानी पी लो, और चलकर आराम करो, नहीं तो लोग बात का बतंगड़ बनाएँगे।"

उनके कन्धे में सिर गड़ाकर सुषमा जैसे रोई, उससे मीरा दी जैसे स्तब्ध रह गईं।

"गुलशन, जाकर भौंरी को बुला लाओ," उन्होंने कहा। चपरासी भागता हुआ चला गया। मीरा दी ने उसके सिसकियों से जर्जर शरीर को बाँहों में भर लिया। सुषमा रो रही थी जैसे उसका कोई निकट का आत्मीय मर गया हो। सुषमा रो रही थी जैसे रो-रोकर वह वहीं पिघल जाएगी और मीरा दी शून्य नेत्रों से लाइब्रेरी में लगे कैलेंडर में अब्राहम लिंकन के चित्र को देखे जा रही थीं।

सुषमा को बिस्तर पर लिटा मीरा दी ने उसे रजाई उढ़ा दी और सिरहाने बैठकर उसका सिर सहलाने लगीं। भौंरी होंठ भींचे चौके में बैठी थी। सुषमा के इतने उद्विग्न होने का सम्बन्ध उसने मिस शास्त्री से जोड़ लिया था। "एक दिन गरदन मरोड़ फेंक दूँगी बिल्ली की!" वह बुदबुदाई। उसने झटका देकर आगे आए बाल पीछे कर दिए और ऐसी शक्ति से बर्तन रगड़ने लगी जैसे कि शत्रुओं से बदला ले रही हो।

सुषमा आँखें मूँदे पड़ी थी, निश्चल। पर उसके हृदय में भीषण मंथन चल रहा था।

नील, मुझ पर दुनिया हँस रही है, मेरी छात्राएँ मेरे लिए अकथ्य बातें कह रही हैं...सुषमा अपने लिखे इन वाक्यों को पढ़ती रही, फिर उसने कागज की छोटी-छोटी चिन्दियाँ कर हवा में उड़ा दीं। उसने निश्चय कर लिया...भौंरी को बुलाकर कहा, "जा, इस नम्बर पर नील साहब को फोन कर दे, कहना कि बुलाया है।"

और शाम को डियरेस्ट को गोद में लेकर टहलती मिस शास्त्री, इधर-उधर बिखरी लड़कियों ने सुषमा को तैयार हो अपने बरामदे में खड़े किसी की प्रतीक्षा में देखा। निश्चय ही वह कहीं जाने की तैयारी में थी। वह हल्की पीली बनारसी सिल्क की साड़ी पहने थी जिस पर चौड़ा गहरा गुलाबी बॉर्डर था। उस साड़ी के साथ उसके सोने के कर्णफूल बहुत सुन्दर लग रहे थे। आज उसने बाल भी नई तरह से बाँधे थे। भौंहें रोज से अधिक चिकनी और काली, होंठ साड़ी के बॉर्डर से साम्य रखते—गुलाबी। वह बाहर अपने ब्रॉकेट के बटुए के फुँदनों से खेल रही थी।

नील की कार रुकने से पहले ही वह सीढ़ियाँ उतरकर नीचे पहुँच गई।

नील ने पूछा, "कहाँ चलना है?"

कार का दरवाजा खोलकर बैठते हुए वह बोली, "बस, मोड़कर ले चलो।"

खुली सड़क पर आकर नील ने पूछा, "कहाँ जाना है सुषमा?"

"कहीं भी नहीं। मैं वहाँ से निकलकर भागना चाह रही थी। मेरा उस वातावरण में दम घुट रहा था।"

"क्यों, क्या हो गया?"

उत्तर में सुषमा के होंठ काँपकर रह गए। जो कुछ उस पर बीत रही थी उसे शब्दों में कैसे सजाए? वह निरुत्तर रह गई। पर नील से कुछ छुपा न रहा।

"मैं किसी की परवाह नहीं करती। मुझे..." उसका स्वर टूट गया, "मुझे दुख यह है नील कि मैंने इन लड़कियों के लिए कितना किया। जब तक कि कोई बहुत आवश्यक न हो, मैं दंडित नहीं करती। उन्हें प्यार से समझाती हूँ, उनकी सुख-सुविधाओं का ख्याल रखती हूँ और उन्होंने मुझे यह दिया...मेरे कमरे में झाँका..."

"कब?"

"उस दिन, जब मैं जमीन पर, तुम्हारे पास बैठी थी। और अब हर जगह यही बात हो रही है।"

सुषमा ने रूमाल निकालकर आँखें पोंछी। नील बहुत गम्भीर हो आया।

"मुझे कहाँ ले चल रहे हो?"

"घर।"

"घर?"

"हाँ, चाची से तो तुम मिली ही हो। वहीं कुछ देर बैठेंगे।"

पर नील ने घर पहुँचकर पाया कि उसकी चाची और चाचा क्लब जा चुके हैं। उसने सुषमा को ड्राइंगरूम में बिठाया और स्वयं कपड़े बदलने चला गया। उतनी देर में सुषमा ने अपने ऊपर काबू पा लिया। रूमाल से मुँह पोंछकर वह साड़ी की पर्त ठीक कर बैठ गई। जब नील कुछ देर में लौटा तो सुषमा मुस्करा रही थी। केवल उसकी आँखों में गीलेपन का काजल-सा लगा था।

"तुम्हें सरदी लग रही होगी।" नील ने खिड़कियाँ बन्द कर उन पर परदे खींच दिए।

"तुम्हारी आंट ने कमरा तो खूब सजा रखा है।"

"पर मुझे तो तुम्हारा कमरा अच्छा लगता है। हल्की-हल्की नाजुक-सी चीजें, यह तो बड़ा फार्मल-सा है, मुझे यह कभी अच्छा न लगा।" उसने कर्णफूलों के नीचे लगे तीन घुँघरुओं को छू दिया। "मैं जब दिवास्वप्न देखता हूँ तो तुम्हारे उस घर का ही चित्र आता है, तुम और तुम्हारी भौंरी..." सुषमा धीरे-से हँसी। नील ने उसके दोनों हाथ

पकड़ लिए और कहा, "वही घर, जहाँ जीवन में पहली बार जाना था कि सुख और परिपूर्णता क्या है। कभी-कभी मुझे अपने ऊपर आश्चर्य होता है कि तुम्हारी-सी युवती का प्यार पाने में मैं कैसे सफल हो गया..."

"मेरे पास तो कुछ भी नहीं था देने को। उस दिन मेरे मन में पहली बार यह कचोट हुई कि मैं क्यों नहीं बहुत सुन्दर, बहुत युवा हुई..."

"जब मैं तुम्हें देखता हूँ तो मेरे मन में बहुत अभिमान जाग उठता है। मुझे कभी-कभी ऐसा लगता है कि मैंने तुम्हें जाना ही नहीं, पाया ही नहीं। अभी तुम्हारा हाथ छुऊँगा तो मेरे मन में फिर अदम्य लालसा जाग उठेगी।"

सुषमा ने अपना हाथ खींच लिया, "तब तो तुम बड़े खतरनाक हो।" उसकी मुस्कान में सहस्रों आमन्त्रण थे। नील ने अपनी उँगली उसके होंठों पर रख दी और उनका कम्पन महसूस करता रहा। सुषमा की लम्बी पलकों की परछाइयाँ उसके गालों पर हिल रही थीं।

"नील, तुम्हारे सामने मैं क्यों इतनी अवश हो जाती हूँ, मैं सब भूल जाती हूँ, वह सारी पीड़ा और सारी कचोट..."

पास के कमरे में फोन की घंटी बज उठी। सुषमा ने आँखें पूरी खोल दीं।

"मेरा मन इन सबसे कहीं दूर, दूर जाने को होता है। थक गई हूँ।"

"मेरे साथ चलो..."

"कहाँ ले चलोगे?"

"कहीं दूर, इन सबसे दूर।"

"ले चलो, मैं राजी हूँ।"

"मैं तुम्हें घर में बन्दी कर रखूँगा, जिससे किसी की दृष्टि भी न पड़ सके। मुझे डर लगता है कि तुम मुझसे छिन न जाओ..."

"तुम्हें? तुम्हें डर लगता है? डर तो मुझे लगना चाहिए कि कहीं कोई अठारह-बीस बरस की सुन्दर लड़की तुम्हें छीन न ले।"

"पगली!" नील ने कहा। फिर उसने कुरसी के सहारे पीछे टिककर कहा, "मेरे हॉलैंड जाने की बात हो रही है फर्म की ओर से। अगर जाना हुआ तो मैं तुम्हें साथ ले जाऊँगा।"

"मैं न चाहूँ तब?" सुषमा ने पूछा और उसके कर्णफूलों में लगे घुँघरू हिलने लगे। नील कुछ देर उसके माथे से ऊपर ले जाकर बाँधे गए बालों का चिकनापन और उसकी काली भौंहों को देखता रहा। नील ने जैसे पहली बार जाना कि सुषमा की भौंहों में धनुषाकार वक्रता न थी, कुछ दूर सीधी जाकर वह अचानक ही मुड़ गई थीं, पर फिर भी उसके चेहरे पर असंगत नहीं लगती थीं।

नील ने उसकी दोनों कलाइयाँ पकड़ लीं–"चाहोगी क्यों नहीं?"

नील की आँखों में देख सुषमा की पलकें झँप आईं।

"नहीं, नील नहीं।" उसका स्वर नील की कसी पकड़ में डूब गया।

अधखुली आँखों से दीवार पर टहनियों की काँपती परछाईं को देखती सुषमा नील को मन की आँखों से देख रही थी। नील, जिसके आगे अभी पूरा जीवन न जाने क्या-क्या लिए बिखरा था; जिसका पूरा परिवार उसके लिए बहुत सुन्दर और उच्च कुलीन पत्नी जुटाने में व्यस्त था और वह हमेशा हँसकर अपनी शादी की बात टाल देता था; नील, जिसमें तरुणाई की चंचलता के साथ बड़ी समझदारी थी; नील, जिसने उस समझदारी के साथ कुछ स्वप्न भी सँजो रखे थे और उसे पूरा विश्वास था कि वे स्वप्न पूरे भी होंगे।

सुषमा ने करवट बदली, बाहर हवा ने पेड़ों की नग्न टहनियों को झकझोर दिया। सुषमा को लगा कि जैसे वह शरशय्या पर लेटी है। बुरी तरह बिंधी हुई, दारुण यन्त्रणा से छटपटाती हुई। उसके चारों तरफ का वातावरण उसके हृदय पर ऐसा भारी बोझ बनकर जम गया था जिसमें नील का स्पर्श, नील की आँखों की कोमलता धुँधली पड़ जाती थी। दुःख के इन क्षणों में वह नितान्त अकेली थी और आँखों की सजलता

में उसे नील का बढ़ा हुआ हाथ भी न दिखाई देता था। सबकुछ कहाँ डूब गया था—जीवन के प्रति उत्साह, परिवार के प्रति मोह, फूलों के रंग। सुषमा अकेली थी, अपने दुख, अपमान और लज्जा की गहराइयों में भटकती, आर्त चीत्कार करती हुई। कभी-कभी नील का चेहरा चेतना में उभर आता और सुषमा की साँसें सीने में चुभने लगतीं।

जब से यह बवंडर उठ खड़ा हुआ था, तब से उसने नील में एक बहुत बड़ा परिवर्तन देखा। वह जैसे सुषमा से कितना बड़ा हो गया था और सुषमा ने हार-थककर अपना बोझ उस पर डाल दिया था। नील उससे बात करता तो ऐसे स्वर में कि सुषमा जैसे एक आहत शिशु है। उसने अपनी इच्छाओं को सुषमा की मनःस्थिति के अनुसार ढाल लिया था। कभी-कभी पूरी शाम वे दोनों चुपचाप बैठे काट देते। सुषमा रह-रहकर सिसक उठती और वह मौन बैठा उसके बालों को सहलाता रहता। कभी सुषमा मुस्कराती हुई उसकी ओर बढ़ती तो एक क्षण में नील के स्वभाव की सारी चंचलता लौट आती। और कभी स्वयं समर्पित सुषमा की भावनाओं का प्रतिदान देते हुए उसकी आँखें ऐसी कोमल हो उठतीं कि सुषमा से वह दृष्टि सही न जाती।

अकेले पड़े-पड़े सुषमा ने जाना कि मीनाक्षी अब उसके पास बहुत कम आती है। क्या हो गया है मुझे? सुषमा ने अपने-आपसे कहा, संग-साथ, नाते-रिश्ते सभी छोड़ बैठी हूँ, मीनाक्षी के साथ हर वक्त का उठना-बैठना था। अब मुझे ख्याल ही नहीं आता कि मीनाक्षी का क्या हाल है। कितने ही दिन हो जाते हैं घर खत नहीं लिखती। वह उठी और साड़ी बदलकर होस्टल में मीनाक्षी के कमरे में चली गई। मीनाक्षी उसे देखकर चौंकी, "कैसे आ गई?"

"लौट जाऊँ?"

मीनाक्षी ने सुषमा का हाथ पकड़कर बिठाते हुए कहा, "रानी, इतना गुस्सा? आओ बैठो।"

"तुम इतने दिन से आई नहीं। मुझे बिल्कुल ही भुला दिया।" सुषमा के स्वर में गहरा उपालम्भ था।

"किसने किसे भुला दिया है, यह तुम्हें भी पता है और मुझे भी। मैं भी व्यस्त रही इसलिए न आ सकी।" मीनाक्षी ने घुटनों को बाँहों से घेर लिया और बोली, "सुन रही हूँ कि तुम्हारी शादी होनेवाली है।"

"मेरी?"

"हाँ...लड़कियाँ आकर पूछती हैं मिस, आपको तो पता होगा, क्या मिस शर्मा की शादी होनेवाली है?"

"लड़कियों का क्या? हाँ, तुम्हारी शादी की तारीख तय हुई?"

"मार्च में चाह रहे हैं।"

"इतनी जल्दी? अभी तो सब तैयारियाँ पड़ी हैं।"

"ममी लिखती है कि तुम सारे कपड़े वगैरा खरीद लो, पर मैं अकेले कैसे लाऊँ। तुम भी तो कभी खाली नहीं रहतीं।"

"रहूँगी खाली, तुम बताओ कि कब चलूँ," सुषमा ने कहा।

"जुलाई से फिर मैं आऊँगी नहीं," मीनाक्षी ने अप्रयोजन ही कहा।

"नौकनी छोड़ दोगी?"

"दिनेशजी यही चाहते हैं। मैं भी सुषमा, कुछ ही साल में थक गई हूँ। अब मैं नौकरी नहीं करना चाहती।"

सुषमा ने कुछ नहीं कहा। मीनाक्षी की मेज पर से उसने एक काव्यसंग्रह उठा लिया और उसकी दृष्टि कुछ पंक्तियों पर अटक गई—

मैं तुम्हें याद नहीं करूँगी, थकी और अपने निश्चय में दृढ़।
मैं तुम्हारी याद नहीं करती,
जो जीवन के प्रत्येक सुख से बँधी हुई है,
वह तुम्हारी स्मृति—
प्रत्येक सूने दिवस के अन्त में जब निद्रा आती है।
जब रात्रि मेरी कसी चौकसी को ढीला कर देती है—
मेरे सारे बन्धन शिथिल हो जाते हैं—
मेरी इच्छा का उल्लंघन कर,
पहली नींद में जो पहला स्वप्न आता है,
मैं दौड़कर, दौड़कर, तुम्हारे वक्ष में सिमट जाती हूँ।

"सुषमा?"

"हूँ...," पृष्ठ पर दृष्टि जमाए हुए सुषमा ने कहा।

"तुम भी शादी कर लो।"

"मुझे धनी व्यवसायी कहाँ मिलेंगे?" सुषमा ने मुस्कराकर कहा।

"तुम्हें उनकी जरूरत कहाँ है?" तुम तो स्वयं अपने सुख में धनी हो, अगर कोई मेरा अपना होता, जितने कि तुम्हारे—तो मैं अपने को बहुत भाग्यशाली समझती।"

"उधार के धन से कोई सुखी नहीं होता," सुषमा की उँगलियों ने पुस्तक के पृष्ठ लौटे।

"क्यों?"

"मैं नील से शादी नहीं कर सकती। मैं पाँच साल बड़ी जो हूँ।"

सुषमा ने स्थिर दृष्टि से उसे देखा।

मीनाक्षी ने कुछ हिचककर कहा, "यह कोई भारी कठिनाई नहीं, उन्हें पता तो होगा न।"

"प्रेमिका और पत्नी में बहुत फर्क होता है। फिर मैं यह नहीं चाहूँगी कि नील के मन में कभी भी यह विचार आए कि उससे गलती हुई, और फिर घर भी तो है। पिताजी ने मुझे लिखा है कि मैं यदि प्राविडेंट फंड से चार हजार रुपया कर्ज ले सकूँ तो बाकी का वह प्रबन्ध कर लेंगे और तब निरुपमा की शादी होना सम्भव हो जाएगा। दो-एक साल में प्रतिमा भी शायद विवाह करना चाहे। अभी तो वह डॉक्टर बनना चाहती है।"

"पर यह कब तक चलता रहेगा? तुम अपने बारे में भी तो सोचो।"

"मेरी निष्कृति की कोई सम्भावना नहीं मीनाक्षी। पैंतालीस साल की आयु में मैं भी एक कुत्ता या बिल्ली पाल लूँगी—उसे सीने से लगाकर रखूँगी। बात यह है मीनाक्षी कि मैं नहीं चाहती कि जो कुछ मैंने देखा और सहा, वही मेरे भाई-बहनों के सामने आए। मैं तो मन मसोसकर, रोकर रह जाती थी। कभी वह दिन भी था जबकि मेरे पास केवल

छह-सात धोतियाँ थीं जिन्हें धोकर, सुखाकर मैं कॉलेज पढ़ने जाया करती थी।...अगर प्रतिमा अरविन्द से शादी करना चाहेगी तो मैं वह भी सम्भव कर दिखा दूँगी। प्रतिमा को कभी अपनी जीजी की तरह रातों को आँचल मुँह में ठूँस रोना नहीं पड़ेगा।"

"और नील?" मीनाक्षी का स्वर कमरे में चक्कर काटने लगा।

"नील की शादी होगी, परिवार होगा, मैं उसके जीवन में एक छोटी-सी कसक बनकर रह जाऊँगी।"

"तुम पागल हो सुषमा। मुट्ठियाँ खोलकर अपनी निधि लुटाते मैंने किसी को नहीं देखा। तुम्हें इस आत्मपीड़न से क्या सुख मिलता है? तुम्हें जीवन में जो कुछ मिल रहा है उसे स्वीकार क्यों नहीं कर लेतीं?"

"उसे स्वीकार करने का शायद मुझमें साहस नहीं है। अपने को कमजोर पाती हूँ...।" फिर वह मुस्कराई, "आज से सोलह साल बाद शायद तुम अपनी बेटी को लेकर इस कॉलेज में आओ, तब भी तुम मुझे यहीं पाओगी। कॉलेज के पचपन खम्भों की तरह स्थिर, अचल..."

न जाने कहाँ का उदास मौन कमरे में बह आया और गाढ़ा-गाढ़ा जम गया। सुषमा उठकर चली आई, पर अपने सूने घर में उससे जाया न गया। वह बाहर ही एकान्त में टहलती रही। डियरेस्ट उसके पैरों से अपना शरीर रगड़ती हुई निकल गई। उन एकान्त क्षणों में सुषमा अपने मन की गहराइयों में झाँककर देखने लगी। उसे कभी-कभी अपने पर स्वयं आश्चर्य होने लगता। नील के आगमन के पहले उसका जीवन कितना भिन्न, नियमित था। आना-जाना, घूमना-फिरना, सभी होता था, पर उसके कोई अर्थ न थे। अब तो जीवन के प्रति उसका दृष्टिकोण ही बदल गया था। वह मानसिक रूप से जैसे नील की दासी हो गई थी। नील की किसी बात के लिए निषेध करना उसके वश में न रहा था। नील के पास रहने पर वह कोई और हो जाती थी—बड़ी अपरिचित-सी। सुषमा जिसका केवल मुख ही पहचाना-सा रहता था;

जिसके अन्तर से हँसी व उल्लास एक सहज निर्झर की भाँति प्रस्फुटित हो जाता था। नील की पहली दृष्टि से उसे लगने लगता कि वह बहुत, बहुत सुन्दर है, बहुत वांछनीय, जैसे नील ने ही उसे सौन्दर्य और गहन सन्तोष का बोध कराया था। और उन क्षणों में सुषमा जीवन से कुछ नहीं चाहती थी।

अठारह

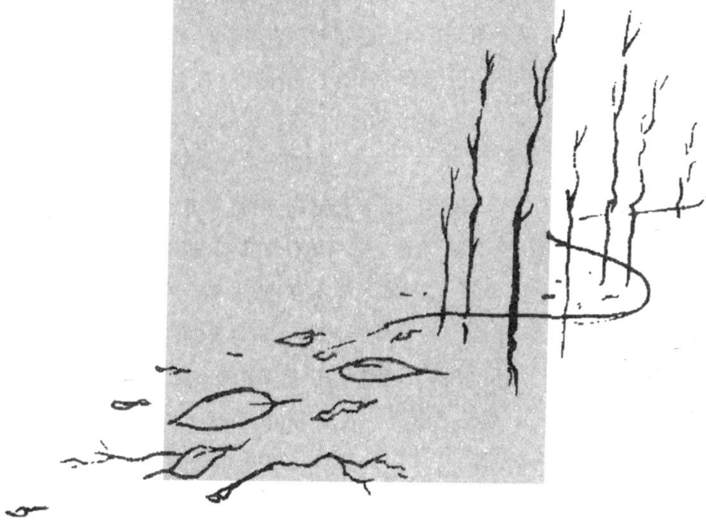

"नील, तुम समझते नहीं," सुषमा ने कहा।

वासन्ती शाम–पोर्टिको पर छाई जामुनी बेगनबेलिया के फूल निरन्तर झड़ रहे थे। कॉलेज की बजरीवाली राह सूखे पत्तों से ढँक गई थी। पेड़ों की फुनगियों पर अभी भी हल्का-सा उजाला था यद्यपि उनके नीचे साँवली छायाएँ सिमटने लगी थीं। लॉन पर छात्राओं की भीड़ कम हो गई थी, उनके चेहरे फीके थे और आँखें नैश-जागरण से भारी। सारे वातावरण में अजीब-सी घुलती उदासी और परीक्षा का भय।

"नील, तुम समझते नहीं," सुषमा ने दोहराया। नील सीधी, अकंप दृष्टि से उसे देख रहा था। सुषमा के पीले, रक्तहीन मुख पर काली,

तरल आँखें, रूमाल को बार-बार मरोड़ती उसकी उँगलियाँ।

"हाँ, मैं नहीं समझता।" नील एकाएक कठोर हो आया, "तुम्हारे तर्क मैं नहीं समझ पाऊँगा।"

सुषमा असहाय-सी उसे देखती रह गई। फिर वह सिर झुकाकर अपनी साड़ी की सिलवटें दूर करने लगी। उसमें नील की ओर देखने का साहस न था। और उस तरह बैठे-बैठे उसके सम्मुख पिछले कुछ दिनों की यातना फिर सजीव हो गई। वह शर्मिंदगी, वह ज़लालत, कहीं मुँह छिपाकर खो जाने की तीव्र इच्छा। प्रिंसिपल ने उसे बुलाकर सारी स्थिति समझा दी थी। वह वृद्ध और गम्भीर थीं और सुषमा पर उनका सहज स्नेह था। कई लोगों ने उनसे सुषमा की शिकायत की थी। वह मामला वहीं दबा देना चाहती थीं। उन्होंने स्पष्ट रूप से कह दिया था कि सुषमा के बारे में ऐसा सुन उन्हें गहरा धक्का लगा है। सुषमा को उन्होंने बहुत गम्भीर और जिम्मेदार समझा था। पर इन सब बातों को देखते हुए यह अच्छा हो कि सुषमा अपने-आप इस्तीफा दे दे। सुषमा एकाएक कुछ न कह सकी। उसे जैसे किसी ने गहरे कूप में ढकेल दिया। प्रिंसिपल की बात सुनकर उसके आगे तेजी से विविध मुख दौड़ गए–विवाह की तैयारियों में व्यस्त अम्माँ, नीरू, प्रतिमा और नील। वह उसी प्रकार सिर झुकाए, कन्धों पर न जाने कितना भार लिए प्रिंसिपल के ऑफिस से निकल आई। पर आकर वह रोई नहीं। बैठकर सूनी दीवार को ताकने लगी। वह पीड़ा, दुख या ज़लालत कोई भी भाव अनुभव नहीं कर रही थी। उसका अंग-प्रत्यंग जैसे सुन्न हो गया था और मस्तिष्क जैसे रिक्त...इन कुछ दिनों में कमरे में कितनी बेतरतीबी आ गई थी! छत के एक कोने में मकड़ी ने जाला पूर दिया था। स्टैंडर्ड लैम्प के शेड पर धूल की मोटी पर्त...कैलेंडर में कई दिन पहले की तारीख...कमरे के परदे में भौंरी के हाथों के धब्बे। सुषमा ने दोनों हाथों में सिर टिका लिया और उसकी दृष्टि धुँधली हो आई।

सबकुछ इतनी जल्दी समाप्त हो जाएगा, इसकी वह कल्पना कैसे करती? अभी दिन ही कितने हुए थे! अभी तो कितनी ही बातें थीं जो

कि वह नील से नहीं कह पाई थी। कितनी उमंगें अभी उसके हृदय में भीड़ लगाए खड़ी थीं, अभी कितना कुछ उनके आगे बिखरा पड़ा था। एक पूरा साल भी नहीं।

'नहीं, मैं रोऊँगी नहीं,' सुषमा बुदबुदाई, 'नहीं रोऊँगी। मैं यहाँ से चली जाऊँगी। कहीं और नौकरी कर लूँगी, पर नील को अपने जीवन से दूर कर देना मेरे वश का नहीं।'

और सुषमा ने उस रात वकील साहब की रेणु को स्वप्न में देखा—खिन्नमना, म्लानमुखी रेणु, जो कि मुट्ठी में कुछ रुपए दबाकर लौट रही थी और अचानक ही रेणु ने सिर उठाकर ऊपर देखा और झटके से सुषमा ने पहचाना कि वह नीरू थी। नीरू जलती हुई आँखों से सुषमा को ताक रही थी।

सुषमा हड़बड़ाकर उठ बैठी। उसका हृदय वेग से धड़क रहा था और दीवार पर नीम की नग्न शाखों की परछाईं काँप रही थी। सुषमा ने घुटनों को बाँहों से बाँधकर अपना सिर गड़ा लिया और देर तक वैसे ही बैठी रही। घड़ी की चमकती सुइयाँ दो की ओर संकेत कर रही थीं। सुषमा अकुलाकर उठ खड़ी हुई और उसने खिड़की की छड़ों पर अपना माथा टिका दिया। ठंडे लोहे के स्पर्श से उसके सारे शरीर में सिहरन-सी दौड़ गई। खुली खिड़की से हवा न जाने कौन-कौन-सी सुगन्धें समेटकर अन्दर आकर ठिठक गई।

दूर कहीं दो लड़के। सड़क पर एक कुत्ता भूँक उठा और चौकीदार ने आवाज लगाई। होस्टल की सारी बत्तियाँ बुझ चुकी थीं। सुषमा आँखें फैला-फैलाकर उस अन्धकार में कुछ देखने लगी। उसकी उँगलियाँ आगे बढ़ीं और किसी को बिना छुए लौट आईं। उसे पहली बार अपने अकेलेपन का इतना अहसास हुआ। उसे लगा कि सबकुछ उसे अकेले ही झेलना है।

एक बड़ा-सा आँसू सुषमा के गाल पर फिसल आया।

और नील था कि इस समय एक आहत शिशु की तरह भर्त्सनापूर्ण नेत्रों से देखे जा रहा था—अपने को संयत रखने में सुषमा को कितना

प्रयत्न करना पड़ रहा था, इसे न समझता हुआ। उसे देखकर सुषमा ने चाहा था कि रोकर उससे लिपट जाए, अपना शिथिल शरीर उसकी बाँहों में सौंप कह दे, अब मुझे यहाँ से निकालकर ले चलो, ये लोग हमें साथ नहीं रहने देंगे। पर वह इतना ही कह पाई–

"प्रिंसिपल मेरा इस्तीफा माँग रही है।"

मकड़ी का जाला कितना बढ़ गया था और शेड पर धूल कितनी गहरी।

"तुम इतनी परेशान क्यों हो? नौकरी तो तुम्हें छोड़नी ही थी," नील ने कहा।

"क्यों? नौकरी छोड़कर और क्या करूँगी?" सुषमा ने समझकर भी न समझना चाहा।

नील का स्वर बहुत मृदु था–"तुम समझती हो कि मैं तुम्हें शादी के बाद नौकरी करने दूँगा?"

"ओह नील!" सुषमा का स्वर एक घातक घायल की चीख थी।

"क्यों?" नील ने झुककर उसके दोनों कन्धों पर हाथ रख दिए। सुषमा ने उस स्पर्श को भुलाना चाहा।

"मैं...मैं...आई कांट मैरी यू। तुम जानते हो नील," सुषमा ने अटकते हुए कहा।

नील का चेहरा जैसे प्रस्तर खंड से तराशा हुआ था। सुषमा ने अपनी उमड़ती भावनाओं को शब्दों में ढालने का प्रयास करते हुए कहा, "पहली बात तो नील यह है कि मेरी बहुत जिम्मेदारियाँ हैं। तुमसे तो कुछ भी छिपा नहीं है। पक्षाघात से पीड़ित बाबू, दो बहनें और भाई, सब मुझे ही करना है..."

नील ने हल्के-से अपना हाथ उसके कन्धे पर रखकर कहा, "वे जिम्मेदारियाँ मेरी भी होंगी। तुम्हारे भाई-बहनों, सबके लिए सबकुछ वैसे ही होगा जैसे होता आया है।"

सुषमा उसके दृढ़, गम्भीर चेहरे की ओर देखती रही। नील के प्रति स्नेह की एक नई लहर उसके पाँव उखाड़ गई। मैं यह कैसे कर

सकूँगी? इतना भार मैं कैसे इन कन्धों पर रख दूँ?

फिर उसने कहा, "और कभी तुम भावावेश में किए गए इस निश्चय पर पछता उठो तो?" सुषमा ने कमरे का एक चक्कर लगाया और कहा, "तुम्हारी अभी आयु ही क्या है! मैं तुमसे इतनी बड़ी भी तो हूँ नील। हमारा विवाह कभी सफल न होगा। मुझे सदा यह विचार डसता रहेगा कि कहीं कोई, बहुत छोटी, बहुत सुन्दर लड़की मुझसे तुम्हें न छीन ले।"

"तुमने मुझे यही परखा है?"

"नहीं नील, नहीं," सुषमा ने मुट्ठियाँ बन्द कर सीने से भींच लीं– "यह कॉलेज, ये खम्भे, मेरी डेस्टिनी हैं, मुझे यहीं छोड़ दो।"

नील बहुत देर तक चुप रहा। "तो फिर मेरे लिए क्या कहती हो? तुम चाहती हो कि मैं जीवन-भर अँधेरे में भटकता रहूँ?"

"तुम जाओ नील। तुम पास होते हो तो मैं कुछ भी सोच नहीं पाती। तुम निकट आ जाते हो तो मेरे सारे निश्चय काँपने लगते हैं... तुम जाओ! जाओ!" कहते-कहते उसका स्वर बहुत मन्द हो आया और पलकें बड़ी थकान से आँखों पर ढल आईं।

"सुषमा! यू कांट डू दिस टु मी।" नील के माथे की एक शिरा फड़क रही थी।

"मेरी मजबूरी समझते क्यों नहीं।" सुषमा अपनी उँगली में पड़ी अँगूठी बार-बार उतार-चढ़ा रही थी। कितनी ही बातें ऐसी थीं जो कि वह नील को नहीं समझा पा रही थी। अगले साल उसका सीनियर ग्रेड में आ जाने का मौका था और वह प्रिंसिपल से मनमुटाव नहीं करना चाहती थी। सीनियर ग्रेड में आकर उसका वेतन एकदम सात सौ रुपए हो जाता और वार्डनशिप का भत्ता मिलाकर उसे आठ सौ रुपए मिलते।

"तुम्हारी ऐसी क्या मजबूरी है?" नील का क्रोध उसे भीषण विस्फोट की भाँति लगा। वह बड़ी-बड़ी आँखें फैलाकर उसे देखती रह गई। "क्या तुम्हें किसी और की प्रतीक्षा है, कोई ऐसा जो कि तुम्हारी नजरों में तुम्हारा पूरा मोल चुका सके। तुमने अपने ऊपर जो प्राइसचिट

चिपका रखी है, उतना सब देने को मेरे पास नहीं है...''

''तुम कैसी बातें कर रहे हो नील?''

''ठीक है, तुम यहीं रहो, इन पचपन खम्भों में बंदी होकर। मैं तुम्हारे बहकावे में आ गया था। मैं सोचने लगा था कि तुम्हारे लिए मैं ही सबकुछ बन गया हूँ। अब मैंने जाना कि तुम्हारे पास खूबसूरत चेहरे के अलावा एक बहुत व्यावहारिक बुद्धि और अपना भला समझनेवाला दिमाग भी है।''

सुषमा ने हाथ बढ़ाकर आर्द्र स्वर में कहा, ''नील! प्लीज़...''

नील ने अपने सम्मुख फैली उसकी बाँह कठोरता से अलग कर दी। अवसन्न खड़ी रह गई सुषमा ने तीन सीढ़ियों पर उसकी क्रोधित पदचाप सुनी। कार का दरवाजा झटके से खुला और टायरों के नीचे बजरी चुरमुराने लगी।

नील चला गया।

सन्नाटा...केवल सन्नाटा।

उन्नीस

सुबह शहनाई की आवाज सुनते ही सुषमा की आँखों में आँसू आ गए। आज शाम नीरू की विदा हो जाएगी। अम्माँ की एक बहुत बड़ी जिम्मेदारी कम हो जाएगी, पर खाली बैठने पर वह नीरू को याद करेंगी और रोएँगी।

शादी की हलचल में सुषमा ने कोई भाग न लिया था। घर में निकट के आदमियों को छोड़कर अधिक मेहमान नहीं आए थे। सारा काम परिचित ही सँभाल रहे थे। मुहल्ले-पड़ोस के बच्चे ही हर समय कोलाहल मचाया करते। सुषमा पाँच दिन की छुट्टी लेकर आई थी। रुपए उसने पहले ही भेज दिए थे, जिससे अम्माँ तैयारी कर सके।

सुषमा को देखकर कृष्णा मौसी अचरज से बोलीं, ''क्या बात है सुषमा, तुम्हारे चेहरे की तो छवि ही चली गई। अभी गर्मियों में आई तब तो भलीचंगी थी।''

सुषमा फीकी-सी हँसी हँसी। मामी बोली, ''मैं तो कहूँगी कि एक लड़की का गला काट, दूसरी का ब्याह रचाकर बड़ी बीबी ने अच्छा नहीं किया। सुषमा के कन्धे पर छह हजार रुपए का बोझ डालना कहाँ का न्याय है।''

उनकी बात का उत्तर किसी ने नहीं दिया। मामी ने आगे पूछा, ''कैसे भरा जाएगा यह रुपया?''

''हर महीने देना होगा,'' सुषमा ने कहा।

''हर महीने किस्तें देकर किसका पेट काटोगी? अपना ही न!''

अम्माँ व्यस्त-सी कमरे में आ गईं, ''अरे मैं तो पागल हो जाऊँगी। अभी तक हलवाई ही नहीं आया, कैसे क्या होगा?'' और हाथ नचाती हुई बाहर चली गईं।

''आजकल तो कोई भाई भी अपनी बहन के लिए इतना न करे। हैं तो हमारे अशोक, हमसे ही पैसे झटकते रहते हैं,'' मामी ने कहा।

थकी सुषमा दीवार से टेक लगाकर बैठ गई। सुभाष अपना ट्रांसफर दिल्ली करवाना चाहता था और वहीं फर्नीचर खरीदकर दे देने की बात थी।

बरामदे में मुहल्ले की कुछ लड़कियाँ गा-बजा रही थीं। उन्होंने नीरू को जबरदस्ती अपने मध्य में बिठा रखा था। पड़ोसिन भाभी ने मन्द स्वर में एक पंक्ति गाई जिसे सुन सब लड़कियाँ हँस-हँसकर एक-दूसरे पर गिरने लगीं, और नीरू लाल हो आई।

सुषमा का मन बिल्कुल रीता था, कहीं कोई हिलोर भी नहीं। विवाह की सारी खुशी उसे अछूता छोड़ गई थी। इधर काफी दिन से उसकी तबीयत गिरी-गिरी-सी थी। कभी-कभी बुखार भी आ जाता था। ऐसे में नीरू के विवाह की जल्दी उसे खल गई। पर अब काम करना ही है तो जितनी जल्दी हो जाए उतना ही अच्छा। अम्माँ के खत पर

खत आते गए कि सुभाष के परिवारवाले पाँच हजार रुपए और तीन हजार ऊपरी खर्च पर शादी करने को तैयार हैं। दो हजार का प्रबन्ध बाबू कर लेंगे पर बाकी का सुषमा को करना पड़ेगा। सुषमा ने अपने पास इकट्ठा हो गया रुपया बैंक से निकाल लिया और बाकी प्राविडेंट फंड से कर्ज ले लिया।

नीरू की विदा के बाद अम्माँ सुषमा के साथ जानेवाली मिठाई बाँध-बूँध रही थीं। खूब रो चुकी सुषमा की आँखें कड़वा रही थीं। जाने के समय नीरू जिस प्रकार रोकर उससे लिपट गई थी उससे सुषमा का हृदय फटने लगा। उसने मन-ही-मन नीरू को न जाने कितनी आशीषें दे डालीं। और नीरू के चले जाने पर बरामदे में अकेले खड़े बृजमोहन को आँखें पोंछते देख सुषमा के आँसू भी उमड़ पड़े। पकड़े जाने पर खिसियाया-सा बृजमोहन बोला, ''घर में बड़ा सन्नाटा लगेगा जीजी।''

सुषमा अन्दर आकर अपना सामान बटोरने लगी। कृष्णा मौसी दरी पर बैठी थीं। कमरे में सुषमा को अकेले पाकर बोलीं, ''अच्छा सुषमा, तुम नील को शादी क्यों नहीं करने देतीं?''

कृष्णा मौसी की बात को समझी नहीं, ऐसा दिखावा न करते हुए सुषमा ने कहा, ''मौसी, मैं कौन होती हूँ रोकनेवाली!'' मौसी उठकर बैठ गईं, ''लखनऊ में नील की माँ मुझसे आकर झगड़ भी गई। कहने लगी कि तुम्हारी भानजी के पीछे नील शादी नहीं कर रहा है। मैं तो हक्की-बक्की उनकी बात सुनती रह गई।''

''लोगों की बातें सुनती जाओ मौसी। अगर ऐसी बातें न करेंगे तो लोग जिएँगे कैसे?'' सुषमा ने तहाए हुए कपड़े सन्दूक में रखे।

''क्या यह सच है कि वह तुम्हारे पास बहुत आता है?''

''अब नहीं आता।''

''अब आए तो दुत्कार देना। हाँ भला, उसकी माँ और बहनें तुम्हें बदनाम करती घूमें यह मुझे नहीं रुचता।''

''दुत्कार दूँगी,'' सुषमा ने कहा और सन्दूक का ढकना जोर से बन्द कर दिया।

"सुषमा, कैसे लेटी हो मुन्ना," अम्माँ ने टोकरी रखकर पूछा, फिर वह सुषमा के पास आकर बैठ गईं और उसके सिर पर धीरे-धीरे हाथ फेरने लगीं। एक बड़ी-सी सिसकी से सुषमा का शरीर हिल उठा। वह अम्माँ की गोद में सिर रखकर लेट गई और निःशब्द रोती रही। अम्माँ ने बड़े द्रवित कंठ से कहा, "चुप हो जा बेटा—क्या मैं तेरा दुख समझती नहीं? आखिर माँ हूँ।"

सुषमा को ऐसे लेटकर अपूर्व शान्ति मिल रही थी। वह जैसे इस सुख को भूल चुकी थी।

बीस

पार्टी समाप्त हो चुकी थी। बैरे खाली बरतन समेट रहे थे। सुषमा का सारा घर प्रकाश से जगमगा रहा था। अतिथि जा रहे थे और नवविवाहिता नीरू बधाइयों और शुभकामनाओं के भार से लदी सलज्ज मुस्कान से सबको विदा दे रही थी।

मिसेज पुरी ने बड़ी आत्मीयता से सुषमा के कन्धे पर हाथ रखते हुए कहा, "तुम्हारी बहन और उसके पति को देख बड़ी खुशी हुई सुषमा।"

सुषमा उत्तर में मुस्करा दी, वह मुस्कान जो उसके होंठों तक ही रह गई थी। उसकी आँखें सब ओर घूम रीती ही लौट आईं, मिसेज

पुरी, रोमा, मिस शास्त्री, नीरू और उसका पति सुभाष, पर नील कहीं न था। नीरू के विवाहोपलक्ष में सुषमा ने पार्टी दी थी और अपने सभी परिचितों को बुलाया था।

पर नील नहीं आया।

सुषमा ने गहरे पीले रंग की साड़ी पहनी थी, उसी रंग का ब्लाउज, केवल बाँहों पर बैंगनी बॉर्डर। उसका चेहरा और दिनों की अपेक्षा अधिक पीला लग रहा था और आँखें अधिक काली और तरल।

सुषमा के अतिथियों ने आपस में कहा कि नील से सम्बन्ध तोड़ उसने समझदारी का काम किया है। सुषमा भली युवती है, उसकी जिम्मेदारियाँ हैं। अभी ही उसने अपने प्राविडेंट फंड से ऋण लेकर छोटी बहन के विवाह का प्रबन्ध किया है। इस आयु में ऐसे बचकाने रोमांस नहीं सोहते।

उन सबके जाने के बाद सुषमा मीनाक्षी के कमरे में चली गई। विवाह के कुछ दिन बाद ही सुभाष नीरू को लेकर दिल्ली घूमने आया था। यह स्वाभाविक ही था कि वे सुषमा के पास ठहरते। नीरू को संकोच न लगे इसलिए सुषमा अपने घर कम ही रहती। उसका अधिकांश समय मीनाक्षी के पास बीत जाता। उसके कमरे में तख्त पर आँखें मूँदकर वह घंटों निष्प्राण-सी पड़ी रहती। उस दिन का गया नील फिर कभी नहीं लौटा। कुछ दिन अवसन्न और क्लान्त पड़े रहने के बाद सुषमा ने जाकर प्रिंसिपल से कह दिया था कि यदि उन्हें नील के कॉलेज आने पर आपत्ति है तो वह नहीं आएगा। उन सबको नील के सम्बन्ध में गलतफहमी हुई है। प्रिंसिपल से बात कर वह अपने ऑफिस में आ गई और इतने दिनों का इकट्ठा हो गया काम देखने लगी। स्टेनो को बुलाकर उसको कई जरूरी पत्र लिखवाए, कई बिल थे, उनके लिए चेक पर दस्तखत किए और अचानक ही उसकी आँखों में आँसुओं की एक पर्त उतर आई।

नील चला गया।

इस पूरी घटना पर उसे सबसे अधिक क्रोध था अपने सहयोगियों

पर। उसने कभी किसी के व्यक्तिगत जीवन में हस्तक्षेप नहीं किया, कभी किसी की बुराई नहीं की, फिर भी उन्होंने प्रिंसिपल से उसकी रिपोर्ट कर दी और उसे अनैतिक आचरण के लिए उत्तरदायी ठहराया।

''नील को मैंने अपने जीवन से उखाड़ फेंका है। वह तो एक पागलपन था, एक मैडनेस।''

मीनाक्षी ने झुककर उसके कन्धे पर हाथ रखते हुए कहा, ''रानी तुम क्या उखड़ी-उखड़ी बातें कर रही हो?''

सुषमा अपनी खुली हथेली की रेखाओं को ताकने लगी।

''और कुछ समय बाद, यदि तुम मेरे लिए कोई धनी व्यवसायी जुटा सको तो मैं शादी भी कर लूँगी। घर के आगे आम और अशोक के पत्तों की बंदनवार, मंडप में कोरे कलश और मेरे मुख पर तुम चन्दन-बिन्दु लगा देना मीनू, स्वाति की तरह।''

''सुषमा!'' मीनाक्षी ने उसका कन्धा झकझोरकर कहा। सुषमा की अवश उँगलियाँ खुलीं और फिर मुट्ठी भिंच गई।

''एक बार मैंने मीरा दी से कहा था, जिन्दगी हमें तरह-तरह से छलती है। मैंने ठीक किया न मीनू, देखो नील ने कितने दिन से कोई खबर नहीं ली। अब तो सबके दिलों में ठंडक पड़ गई होगी। मिस शास्त्री को चैन की नींद आती होगी।''

''सुषमा, तुम कुछ दिन छुट्टी लेकर कहीं चली क्यों नहीं जातीं? घर चली जाओ। तुम यहाँ कब तक घुटती रहोगी?''

''कोई ऐसी दवा हो जिससे मैं सबकुछ भूल सकूँ, तभी मुझे चैन मिल जाएगा। हर रोज जब मेरे सामने वही चेहरे पड़ते हैं तब मेरा दुख हर रोज नया हो जाता है।''

''तुमने तो नील को मना कर दिया है, उन्हें फोन करूँ?'' मीनाक्षी ने पूछा।

''नहीं मीनू!'' सुषमा चुप हो गई। उसके पीले चेहरे पर व्यथाकुल आँखें बड़ी काली लगने लगी थीं।

''इस बार हॉली हॉक्स देखो, कितने ऊँचे हो गए हैं। बिल्कुल

खिड़की तक आते हैं।'' मीनाक्षी ने कुछ देर बाद कहा।

''हाँ मीनू,'' सुषमा ने कहा।

''कुछ दिनों में बाजार में चमेली की वेणियाँ बिकने लगेंगी। पर अपनी लता तो शायद अगले साल फूले।''

''जब फूलेगी तब मैं तुम्हें लिखूँगी। अगले साल कहाँ होगी तुम?''

दोनों की दृष्टि मिली और बँधकर रह गई। सुषमा की आँखों में चमक थी, सायास रोके गए आँसुओं की, और मीनाक्षी की आँखों में करुणा थी। केवल वह समझती थी कि सुषमा कितना झेल रही है। दुनिया के आगे उसने बड़ा ही संयत रूप प्रस्तुत किया था। जैसे नील मात्र परिचित था और उसके चले जाने से कुछ विशेष अन्तर नहीं पड़ता। पर मीनाक्षी ने उन रंगीन वस्त्रों, केश-विन्यास और प्रसाधनों के पीछे की यथार्थता देखी थी। एकान्त में बैठी सुषमा के मुख पर अव्यक्त वेदना, रात में टूटते तारों की तरह आँसू और पकड़े जाने पर उसकी झेंपी-सी हँसी भी देखी थी।

पर औरों के सम्मुख सुषमा बहुत शान्त रही। उसने कभी किसी के सम्मुख सिर नहीं झुकाया। कॉलेज के लम्बे-से कॉरीडोर में से गुजरते हुए सुषमा को लड़कियों की फुसफुस का ज्ञान रहता। उन सब चर्चाओं का केन्द्र अब भी वही है, सुषमा यह जानती थी। एक बार जब वह क्लास लेकर बाहर आई तो नोटिस बोर्ड के पास लड़कियों का एक समूह कुछ पढ़कर हँस रहा था। उसे देख सब चुप हो गईं और उनमें से एक ने झपट्टा मारकर नोटिस बोर्ड से कागज फाड़ लिया। सुषमा को अपनी ओर देखते पाकर एक साहसी लड़की ने मुस्कराकर कहा, ''गुड मार्निंग मिस शर्मा!''

''गुड मार्निंग,'' सुषमा ने मुस्कराकर उत्तर दिया।

उस समूह में खड़ी प्रत्येक लड़की ने लक्ष्य किया कि सुषमा में कुछ परिवर्तन आ गया है। उसके होंठ मुस्कराते हैं, आँखें नहीं। आँखों में तो ऐसा तीव्रदाह होता है कि देखनेवालों को स्वयं ही आँखें झुकानी पड़ती हैं। लड़कियों को लगा कि उनसे कुछ अमार्जनीय अपराध हो गया है।

उन्हें वह दिन याद आते जब सुषमा उन्हें बहुत तन्मयता से पढ़ाती थी। वह कभी क्लास में नोट्स नहीं लाती थी। शब्द शब्दों में जुड़ते जाते और वाक्य अबाध गति से फिसलते रहते। लड़कियों की कलमें कागजों पर दौड़ती रहतीं और इतिहास में जीवन आ जाता। समय कैसे बीत जाता, इसका आभास किसी को न रहता। अब सुषमा हाजिरी लेकर लेक्चर प्रारम्भ करने से पहले कागज निकालती तो सबको लगता कि जैसे कुछ अनहोनी-सी हो रही है। सुषमा बोलते-बोलते अटक जाती और प्रश्नपूर्ण विस्मित आँखों को देखते हुए पूछती, "हाँ, तो मैं क्या कह रही थी?" लड़कियों को लगता कि कहीं कुछ खो गया है। सुषमा का लेक्चर तो ठीक रहता है, पर उसमें जान नहीं होती, न ध्यान को पकड़-बाँधने की शक्ति।

सुषमा उन चेहरों पर असन्तुष्टि देखती, और वह उसे बहुत आघात पहुँचाती। कागज समेटती हुई वह सोचती—नील के बगैर मैं कुछ भी नहीं हूँ, केवल एक छाया, एक खोए हुए स्वर की प्रतिध्वनि; और अब ऐसी ही रहूँगी, मन की वीरानियों में भटकती हुई।

फूल टूट-टूटकर गिरते रहते और धूल के बगूले सड़क पर मँडराते रहते।

इक्कीस

सूरज टीले के पीछे डूब रहा था। सुषमा निर्जन हो आई सड़क पर घूम रही थी। नीम के पेड़ अपनी नग्नता में कितने कुरूप लग रहे थे। बस-स्टैंड खाली पड़ा था और उसके आसपास चाट के जूठे पत्ते बिखरे हुए थे। नल पर कुछ जाटिनी पानी भर रही थीं, घेरदार ऊँचे लहँगे और गोटा लगी रंगबिरंगी ओढ़नियाँ। कुछ ने सुषमा को कौतूहल से देखा। सुषमा का मन हो आया कि वह भी ऐसा पीला घाघरा और काली ओढ़नी ओढ़ इनके समूह में जा मिले। सिर पर तीन घड़े सँभालकर दोनों हाथों में बालटियाँ लेकर किसी कच्चे खपरैलवाले घर में चली जाए, चौखट पर ठिठककर अपने साम्राज्य को देखे और रात्रि के

भोजन की तैयारी करने लगे। इसी विचार के साथ उसकी दृष्टि कॉलेज और अपने घर पर चली गई। बेगनबेलिया का चटक जामुनी रंग उसकी आँखों में खटकने लगा। उसके घर में अँधेरा पड़ा था, जैसे बरसों से खाली हो।

गाते-बजाते कुछ लोगों से भरी एक बस सड़क से गुजर गई। टीले के पीछे देवी का एक प्रसिद्ध मन्दिर था। पिछली बार नवमी पर जब सुषमा मीरा दी के साथ देवी के दर्शन को गई थी तो एक भिखारिन बुढ़िया उसके पीछे लग गई थी, "तू सात बेटों की माँ हो रानी, तेरा राज बढ़े, तेरी माँग मोती से भरी रहे–तू फूलों की सेज सोए रानी–" और मुस्कराती सुषमा ने उसके कटोरे में कुछ पैसे डाल दिए। आज उस टीले की ओर देखते हुए उसे लगा जैसे कि यह घटना पिछले जन्म में घटित हुई थी। क्या वह भिखारिन अभी भी प्रत्येक स्त्री को सात पुत्रों की माता बनने की आशीष दिया करती होगी।

सुषमा थककर लौट पड़ी। उसने देखा कि कॉलेज के गेट के बाहर नील की कार खड़ी है और वह अन्दर बैठा सिगरेट पी रहा है। उसने आती हुई सुषमा को नहीं देखा। एक लम्बा कश लेकर उसने सिगरेट का बचा हुआ भाग बाहर फेंक दिया। सिगरेट का वह जलता हुआ सिरा एक चक्कर खाकर पानी के एक नन्हे गड्ढे में जा गिरा। एक हल्की-सी छन्न! लॉन से कुछ लड़कियों की हँसी एक लहर की तरह उमड़ी और मन्द पड़ गई।

"कैसे आए?" सुषमा ने जिज्ञासाहीन कंठ से पूछा। नील कुछ देर उसके भावहीन मुख पर कुछ खोजता रहा, फिर अपराधियों की तरह बोला, "बहुत दिन हो गए थे..." उसका अधूरा वाक्य कुछ देर दोनों के बीच टँगा रहा फिर सुषमा ने एक लम्बी साँस लेकर कहा, "हाँ, दिन तो बहुत हो गए। तुम अच्छी तरह रहे?"

सुषमा को नील स्वप्न में देखी गई आकृति की भाँति अवास्तविक लग रहा था। उसने हाथ फैलाकर उसकी बाँह छुई और टूटकर कहा, "मुझे तो लगता था कि तुम अब शायद कभी न आओ।"

नील की मुस्कान उसके अश्रु प्रोज्ज्वल नेत्रों के आगे कौंध गई, "तुम स्वयं ही तो बार-बार आने को मना करती हो।"

"कितनी बातें तुमने मेरी मानी थीं, जो यह मान गए?"

नील ने उतने ही स्नेह तरल स्वर में कहा, "गलती हो गई जो मान बैठा। अब नहीं माना करूँगा। पर मुझे दोषी न ठहराना। आओ।"

सुषमा घूमकर आई और कार का दरवाजा खोलकर अन्दर बैठ गई। झुककर उधर का दरवाजा बन्द करते हुए नील ने पूछा, "कहाँ चलूँ?"

"कहीं भी।"

नील ने कार टीले की ओर मोड़ दी। चौड़ी नई बनी सड़क के दोनों ओर नए बनते हुए घरों की पंक्तियाँ थीं। कार मन्दिर के पास से निकल गई। मन्दिर का कलश गोधूलि में भी चमक रहा था और सन्ध्या-वन्दना के घंटे सुनाई दे रहे थे। सुषमा नील के पास सरक आई। नील ने रेडियो खोल दिया और कार में एक फिल्मी गीत गूँजने लगा।

नील ने कार एक पुराने मकबरे के पास रोक दी और वे दोनों उतरकर हरी घास पर बैठ गए। दोनों चुप थे; उस मौन को तोड़ने का आग्रह किसी में न था। सुषमा इन अनाहत क्षणों की संवेदना अपने हृदय में उतार लेना चाहती थी। हरी घास का शीतल स्पर्श, धीरे-धीरे कपोलों को छूती बासंती पवन, दूर तक फैला खुला आकाश, नन्हे-नन्हे तारे और नील।

"मुझे इतना क्यों सताती हो सुषमा?" भिंचे हुए कंठ से नील ने कहा।

सुषमा से कोई उत्तर न बन पड़ा। वह दीप्त तारों को देखती रही।

"मेरी ओर देखो सुषमा। कभी-कभी तुम मेरे पास होते हुए भी दूर-सी लगने लगती हो। कुछ बोलो, कुछ कहो।"

सुषमा ने नील की ओर दृष्टि फेरी–भीत, निरुपाय दृष्टि, "क्या कहूँ?"

"अब मुझसे कहने को तुम्हारे पास कुछ भी नहीं बचा?"

"अभी तो कुछ कह ही कहाँ पाई थी," विवश-सी हँसी हँसकर सुषमा ने कहा, "वे सब बातें अब जाने दो नील। आओ, हम-तुम बातें करें इधर-उधर की, दुनियादारी की। तुम्हें मालूम है मीनाक्षी की शादी जल्दी ही होनेवाली है और मिस शास्त्री की डियरेस्ट खो गई है। अब भी सुबह-शाम उसके प्याले में दूध भरकर रखती हैं। उन्हें विश्वास है कि वह लौट आएगी; वह मिस शास्त्री के बिना नहीं रह सकती। उसकी बात करते हुए उनकी आँखों में से आँसू झरने लगते हैं। केवल मैं जानती हूँ कि वह अब नहीं लौटेगी। भौंरी का सिपाही पति छुट्टी पर आया हुआ था और वह डियरेस्ट को मारकर कहीं फेंक आया है।"

"सुषमा, क्या मेरे लिए कोई आशा नहीं है? तुम मेरे प्रति इतनी क्रूर क्यों हो गई हो?"

एक हवाई जहाज बहुत नीचा उड़ता हुआ एयरपोर्ट की ओर चला गया। सुषमा उसकी जलती-बुझती बत्तियाँ अपलक देखती रही।

"जब हम फूल की पंखुड़ियाँ नोचकर फेंक देते हैं तब फूल को कैसा लगता होगा, मैं अब समझ पाई हूँ। उन नुची पंखुड़ियों के ढेर पर मैं बैठी हूँ।"

नील कुछ कहते-कहते रुक गया। सुषमा ने उसे अपनी ओर विचित्र, व्याकुल दृष्टि से देखते हुए पाया।

"तो तुम्हारा निश्चय दृढ़ है?" नील ने पूछा। सुषमा ने सिर-भर हिला दिया, वह घास नोचने लगी। उस समय जैसे पागल तरंगों ने उसे तट पर लाकर पटक दिया और उसके खंड-खंड होकर चमकती रेत में मिल गए। उससे नील की वह दृष्टि न सही गई। उसने हाथ बढ़ाकर नील का हाथ पकड़ना चाहा, पर ऐसा किया नहीं। वह नील से यह न कह पाई कि तुम मुझे भुला देना या समय सब भुला देता है। सांत्वना के ऐसे घिसे-पिटे शब्द उसके होंठों पर न आए। वह जानती थी कि कुछ रेखाएँ ऐसी भी होती हैं जिन्हें समय भी नहीं मिटा पाता। भूलना क्या होता है? मन समझाने की बातें, कायरों के बहाने! जो कुछ नील

ने उसे दिया और जो कुछ नील ने उससे पाया, उस विनिमय ने उन लोगों को साधारण व्यक्तियों से अपांक्तेय कर दिया। दैनिक कार्यों में रत होकर, नाते-रिश्ते निभाते हुए भी, अब वे पहले-से नहीं हो पाएँगे, क्योंकि उनका कुछ अंश एक-दूसरे के पास रह जाएगा...किसी छोटी-सी बात, किसी की हँसी, किसी के देखने के ढंग या किसी अपरिचित की कमीज के रंग से नील फिर जी उठेगा; अलग होने के बाद रहना, राख के ढँके कोयलों पर चलना होगा, न जाने कौन-सा अंगारा दहकता रह जाए और पाँव को जला दे।

कार मोड़ पर घूमी और रात में, दूर कॉलेज और होस्टल की सारी बत्तियाँ झिलमिलाने लगीं। हर खम्भे पर एक बत्ती थी, होस्टल का एक चौखटा।

''लो, आ गया तुम्हारा बंदीगृह,'' नील ने कहा। सुषमा ने उसे कार बाहर ही रोक लेने को कहा, पर वह अन्दर पहुँचाने गया। सुषमा ने बाहर से कमरे का ताला खोला और अन्दर जाने से पहले मुड़कर नील को देखा।

''मुझे बैठने को भी नहीं कहोगी?'' उसका स्वर सुषमा के शरीर को उसकी उँगलियों की तरह सहलाने लगा।

''नहीं, नील। अब तुम जाओ,'' उसने कहा। उसके शरीर की पुकार जैसे कोई यथार्थ वस्तु बन गई थी, और वह अपने पाँवों के नीचे उसका स्पर्श अनुभव कर पा रही थी। अगर नील ने उसे छू-भर लिया तो फिर वह शापग्रस्त की तरह कभी उस मायाजाल से न निकल सकेगी।

''सुषमा!'' नील की आँखें स्वयं उसकी कामनाओं का दर्पण थीं।

''जाओ नील, जाओ!'' सुषमा ने अन्दर आकर द्वार बन्द कर लिए। किवाड़ पूरी तरह बन्द होने से पहले अन्तिम दरार में से उसने नील के चेहरे पर जो भाव देखे, वह उसके मर्म तक बरछे की तरह घुसते चले गए। ''जाओ नील, जाओ, जाओ!'' वह अन्दर से कहती रही जब तक कि उसका स्वर, एक फुसफुसाहट-मात्र न रह गया।

तुम चले क्यों गए नील, तुमने खटखटाया क्यों नहीं? तुमने जिद क्यों नहीं की, तुम पहले तो इतने हठीले थे!

"तुम अभी तक तैयार नहीं हुईं सुषमा।"

मीनाक्षी के शब्दों पर सुषमा ने चौंककर आँखें उठाईं और कहा, "अभी तैयार हुई जाती हूँ।"

उठकर अन्दर जाते हुए सुषमा को यह छोटा-सा वार्तालाप किसी और समय कहे हुए शब्दों की प्रतिध्वनि-सा लगा। मीनाक्षी आकर उसके पलँग पर बैठ गई और बाल सँवारती सुषमा को देखने लगी। सुषमा के हाथ चल नहीं रहे थे। बाल सुलझाकर जूड़ा बनाने में उसे जाने कितनी देर लगी और फिर वह ड्राअर खोलकर काँटे खोजने लगी।

फिर मीनाक्षी ने पूछा, "काँटे चाहिए? लो मैं देती हूँ।" और उसने अपने जूड़े से दो काँटे निकालकर सुषमा को दे दिए। सुषमा ने कुमकुम की डिब्बी खोली और बन्द कर दी; लिपस्टिक उठाई और रख दी। दर्पण में उसे अपना चेहरा बहुत श्रीहीन और फीका-फीका लग रहा था। फिर वह उठी और अलमारी में जो साड़ी ऊपर रखी थी उसी को पहन लिया।

वे दोनों बाहर निकल आईं। बसन्त कब चुपके से आ गया, यह सुषमा को पता ही न चला। आम के पेड़ बौर से ढँक गए थे। और नींबू के फूलों की सुगन्ध मतवाली-सी सब ओर भटकने लगी थी। कहीं-कहीं गुलमुहर का एक गुच्छा...धरती की उत्तप्त उसाँसें...सुषमा को नई उदासी ने घेर लिया। कुछ ही दिन में कॉलेज बन्द हो जाएगा। एक वर्ष का अन्त, गरमी के लम्बे न कटनेवाले दिन, और आँखों में बीत जानेवाली रातें। और फिर जुलाई। नए सिरे से हर चीज का प्रबन्ध... होस्टल में नई छात्राएँ, स्टॉफ-रूम में कुछ नई अध्यापिकाएँ...सभी कुछ वैसा ही होगा, फिर भी कुछ भी वैसा नहीं। इस जुलाई में मीनाक्षी न होगी, सुषमा ने मीनाक्षी को देखा और उसने एक लम्बी साँस ली।

जीवन में न जाने कहाँ कुछ ऐसी बात बिगड़ गई थी, जो अब लाख बनाने पर भी न बनेगी। इतने लोगों से घिरे रहने पर भी वह अकेली ही रहेगी। नीरू के विवाह के बाद अम्माँ ने निश्चय कर लिया था कि अब सारा परिवार एक ही जगह रहे तो सुभीता होगा। दो जगह रहकर दोहरा खर्च करने से क्या लाभ! इसलिए सभी सुषमा के पास रहें। प्रतिमा, संजय, विनय सभी की पढ़ाई दिल्ली में हो सकती है। सुषमा जानती थी कि अम्माँ के मन में उसकी चिन्ता के अतिरिक्त और क्या है! उनके अनुसार सुषमा बहुत फिजूलखर्ची करती थी। घर की देखभाल नहीं करती थी। भौंरी मनमानी करती थी। अम्माँ चाहेगी कि होस्टल का धोबी कम धुलाई पर उनके कपड़े धोए; होस्टल में कोयला-लकड़ी आए तो उसी में से थोड़ा घर पर आ जाए; माली घर के लिए सब्जी बोए, होस्टल के नौकर घर का काम करें।

सुषमा यह भी समझती थी कि उसे इन बातों पर अम्माँ से सख्ती बरतनी पड़ेगी। फिर भी वह उसका परिवार था और सारी खामियों के बावजूद वह उनकी थी।

सुषमा के मन में नए सैशन के लिए कोई उत्साह न था। उसने सोचा कि अगले साल वह कोई फालतू काम न लेगी। अपने कमरे में पड़ी रहा करेगी और मन होने पर कोई उसे कुछ करने पर बाध्य न कर सकेगा। जैसे इस समय उसे लड़कियों के लिए पुरस्कार खरीदने जाना पड़ रहा था। वह कॉलेज की हिस्ट्री एसोसिएशन की प्रेसीडेंट थी और अगले दिन पुरस्कार वितरण होनेवाला था। सुषमा ने यूनिवर्सिटी से हिस्ट्री के प्रोफेसर को बुलाया था और अगले दिन उसे काफी काम था। स्वागत का भाषण, चाय का इन्तजाम, हॉल में कुर्सियाँ वगैरा लगी हैं कि नहीं, यह देखना, उसे यह सब भार-सा प्रतीत हुआ।

बाजार जाकर उन दोनों ने कुछ पुस्तकें खरीद लीं। मीनाक्षी को कुछ छोटी-मोटी चीजें खरीदनी थीं। वे दोनों कपड़े की एक बड़ी दुकान में चली गईं। मीनाक्षी कपड़े देखने लगी और दोनों हाथों से किताबों का बोझ सँभाले सुषमा इधर-उधर देखने लगी। फुटपाथ पर फूलवाले

चीख-चीखकर वेणियाँ बेच रहे थे, और उनकी निरन्तर बिक्री हो रही थी। सुषमा ने हाथ के संकेत से एक फूलवाले को बुलाया और मीनाक्षी के लिए एक वेणी खरीदने लगी।

"सुषमा!" अपना नाम सुनकर उसने मुड़कर देखा और उसे कौशल्याजी को पहचानने में एक क्षण की देर लगी। फिर उसकी दृष्टि आसपास नील को खोजने लगी।

"आप यहाँ कब आईं?" सुषमा ने पूछा।

"आज सुबह आई हूँ। कृष्णा ने तुम्हारे लिए दो साड़ियाँ और भेजी हैं।"

"अच्छा!" सुषमा ने कहा।

"आप मेरे घर आइए किसी समय," सुषमा ने अनुरोध किया। उन्हें लेकर तो नील को आना ही पड़ेगा।

"मैं तो परसों चली जाऊँगी। नील से मिलने आई थी। वह कल जा रहा है न!" कौशल्याजी ने कहा।

"कहाँ?" सुषमा के मुख से निकला।

"तुम्हें नहीं मालूम?" कौशल्याजी को आश्चर्य हुआ, "वह हॉलेंड जा रहा है। फर्म भेज रही है। कल रात को फ्लाई करेगा। हम सब उससे मिलने आए हैं। यह नील की माँ हैं, मेरी बड़ी भावज..."

सुषमा ने उनसे कुछ दूर हटकर खड़ी प्रौढ़ महिला को देखकर नमस्कार किया। उनके पास खड़ी कौतूहल-भरे नेत्रों से सुषमा को एकटक ताकती किशोरी शायद नील की बहन होगी।

"काफी दिन लग जाएँगे क्या?" उसने पूछा।

"पता नहीं कितने दिन लगें, साल-दो साल, कुछ ठीक नहीं है।"

सुषमा को अपने संयत स्वर पर आश्चर्य हो रहा था, "हाँ, एक बार कोई जाता है तो सबकुछ देखकर ही लौटता है।"

"नील तो कुछ बताता ही नहीं कि कब तक लौटेगा," कौशल्याजी बोलीं, "अच्छा सुषमा, तुम चपरासी को भेजकर साड़ियाँ मँगा लेना।"

सुषमा ने उन्हें नमस्कार किया और उन सबके जाने के बाद भी

फूलों की वेणी हाथ में पकड़े वह वहीं खड़ी रही। मीनाक्षी दुकान के अन्दर से निकली और सुषमा ने उसे वेणी देते हुए कहा, "लो, तुम्हारे लिए ली है।"

"थैंक्यू डार्लिंग," मीनाक्षी मुस्कराई, "मेरे जूड़े में बाँध तो दो।"

सुषमा ने वेणी के डोरे में कसी गाँठ लगाते हुए कहा, "मीनू, अभी नील की बुआ मिली थीं। कह रही थीं कि नील हॉलैंड जा रहा है, कल रात को।"

मीनाक्षी मुड़कर सुषमा के चेहरे को देखती रह गई।

"ऐसे क्यों ताक रही हो मेरी ओर?" सुषमा मुस्कराई। मीनाक्षी ने बिना कुछ कहे उसकी बाँह पर हाथ रख दिया।

"चलो अब वापस चलें," मीनाक्षी ने कहा। फूलवालों की पुकारें, मीनाक्षी की वेणी की सुगन्ध, कोलाहल, लाल-हरी रोशनी, पास गुजरते बच्चे की हँसी—यह सब एकाएक सुषमा को असह्य हो उठा। मीनाक्षी ने एक टैक्सी रोकी और सुषमा के हाथों से किताबें लेकर उससे बैठने का संकेत किया। सारी राह सुषमा खिड़की से बाहर देखती रही। टैक्सी में रेडियो लगा था और टैक्सी के तेज चलने पर गीत के बोल स्पष्ट हो जाते थे।

भौंरी के द्वार खोलते ही सुषमा ने पूछा, "कोई आया था?"

भौंरी ने सिर हिलाकर जताया कि नहीं।

"कोई फोन भी नहीं?"

"ना!" भौंरी ने कहा।

अगली सुबह—हर सुबह की तरह नई और ताजी। माली ढेर सारे फूल दे गया। हिस्ट्री एसोसियेशन की सेक्रेटरी आकर पूछ गई कि अन्त में धन्यवाद देने के लिए उसे क्या कहना है। रात में होस्टल में उत्सव था, जिसमें भोज के अतिरिक्त वैराइटी इंटरटेनमेंट भी था।

सुषमा बहुत व्यस्त रही। उसने सब काम स्वयं खड़े होकर करवाए—हॉल में बिछी दरी साफ है या नहीं, कुर्सियाँ सब सीधी कतारों में हैं। चाय के बरतन बैरों से साफ धुलाकर लगवाए, और सेक्रेटरी

बार-बार उससे कहती रही, "आप अपने को न थकाइए मिस शर्मा, मैं सारे काम स्वयं कर लूँगी। आपकी तबीयत भी ठीक नहीं है।"

मीनाक्षी ने उस व्यस्तता के बीच एकाएक पूछ लिया, "तुम एयरोड्रोम जाओगी?"

सुषमा ने उत्तर नहीं दिया। वह लिस्ट से मिलाती रही कि पुरस्कार ठीक संख्या में हैं या नहीं। मीनाक्षी चुप रह गई।

समय आने पर सभी काम सुचारु रूप से हुआ। जल्दी छुट्टी हो जाने पर भी छात्राओं ने घर भागने की उतावली नहीं दिखाई। भाषण सुनते हुए एक बार भी उन्हें खाँसी का दौरा नहीं पड़ा, ऊबने पर वे एक-दूसरे को कोहनी मारकर खिलखिलाई भी नहीं। सेक्रेटरी ने बिना अटके अतिथियों को धन्यवाद दिया, और चाय भी ठीक से हो गई। खाद्य-सामग्री बासी नहीं थी और बैरे काफी चुस्त थे।

पर इस बीच बार-बार बजते रिकार्ड की तरह कौशल्याजी के शब्द उसके मन में गूँज रहे थे। सबकुछ करते हुए एक पल को भी वह न भूली कि नील आज रात को जा रहा है।

शाम को वह होस्टल डिनर के लिए तैयार हुई, मीनाक्षी पहले से ही आकर उसके पास बैठी हुई थी। बोली, "मैंने फोन करके पता लगाया था। प्लेन रात को दस बजे जा रहा है।"

सुषमा ने जैसे उसकी बात सुनी नहीं।

होस्टल के डाइनिंग हॉल की घड़ी ने जब नौ बजाए तो सुषमा अकुलाकर उठ खड़ी हुई, "मुझे एक काम से जाना है।" उसने प्रिंसिपल व अन्य अतिथियों से क्षमा माँगते हुए कहा।

वह भागती-सी बाहर आई। उसने देखा मीनाक्षी भी उसके पीछे है।

"मीनू, प्लीज एक टैक्सी के लिए फोन कर दो!" सुषमा ने अनुनय की। उसने अलमारी खोलकर रुपए निकाले और पर्स में डाल लिए। उसका शरीर तीव्र ज्वराक्रान्त रोगी की तरह काँपने लगा था। शृंगार मेज पर से उठाकर उसने लिपस्टिक लगाई, पर उसके होंठ एक लाल टेढ़ी-सी रेखा बनकर रह गए।

मीनाक्षी ने टैक्सी के लिए फोन कर दिया। वह अन्दर लौटकर सुषमा को आशंकित दृष्टि से देखने लगी। सुषमा का ब्रोकेड का बटुआ मेज पर पड़ा था और वह चलने के लिए बिल्कुल तैयार अधीर-सी बाहर देख रही थी। गेट से अन्दर घुसती टैक्सी की हैडलाइट्स के प्रकाश में फूलों की क्यारियाँ चमकने लगीं। सुषमा ने मुड़कर अपना बटुआ उठा लिया और दो पल उद्विग्न-सी उसकी डोरी को खोलती बन्द करती रही। फिर वह अचानक शान्त हो आई; उसके नेत्रों की आकुलता एक अगाध निस्तब्धता में बदल गई जैसे भयंकर शब्द करती आँधी कहीं दूर से ही गुजर गई हो।

"सुषमा, टैक्सी आ गई!" मीनाक्षी ने हल्के-से उसकी पीठ पर हाथ टिकाकर कहा। उस स्पर्श से सुषमा चौंक गई। वह मीनाक्षी की आँखों में एकटक कुछ देखती रही, फिर उसने बटुआ हाथ से छोड़ दिया और कहा, "टैक्सी वापस कर दो मीनाक्षी, मैं नहीं जाऊँगी।"

मीनाक्षी बिना कुछ कहे बरामदे की ओर बढ़ी और सुषमा अपनी पसीजी हथेली होंठों पर रगड़ती हुई उन्हें पोंछने लगी।

●●●